IM NORDEN DES SÜDENS

DAS BUCH

Siebzehn Autorinnen und Autoren des Goldstadt-Autoren e. V. tragen anlässlich des fünfjährigen Vereinsbestehens am 1. März 2019 mit spannenden, bissigen, tiefgründigen und humorvollen Geschichten und Gedichten zu dieser Jubiläumsanthologie bei. Diese sind in den Genres Zeitgenössisches, Phantastik und Krimi angesiedelt und haben ihre Handlungsorte in Pforzheim und der Region.

DER HERAUSGEBER

Der Goldstadt-Autoren e. V. wurde am 1. März 2014 gegründet, ist im Vereinsregister eingetragen und hat seinen Sitz in Pforzheim.

Weitere Informationen finden Sie auf der Webseite **www.goldstadt-autoren.de.** Anfragen an die Vorstandschaft können über die E-Mail-Adresse **post@goldstadt-autoren.de** gerichtet werden.

GOLDSTADT-AUTOREN E. V.

IM NORDEN DES SÜDENS

ANTHOLOGIE

2019

Bibliografische Information der Deutschen Nationalbibliothek:
Die Deutsche Nationalbibliothek verzeichnet diese Publikation in
der Deutschen Nationalbibliografie; detaillierte bibliografische
Daten sind im Internet über http://dnb.dnb.de abrufbar.

© 2019 Goldstadt-Autoren e. V.
Umschlaggestaltung: Ursula Gassler
Umschlagbilder: © Ewald Freiburger (Titelseite Motive aus Pforz-
heim: Rathaus, Reuchlinhaus, EMMA Kreativzentrum, Haus in der
Heinrich-Wieland-Allee; Rückseite: Panorama Pforzheim)
Lektorat und Satz: Ursula Gassler
Korrektorat: Corinna Wintzer

Herstellung und Verlag:
BoD – Books on Demand, Norderstedt

ISBN 978-3-7481-4134-1

INHALT

VORWORT

Mit der Idee, einen Autorenverein für die Region Nordschwarzwald ins Leben zu rufen, fanden sich am 1. März 2014 drei Autorinnen, zwei Autoren sowie drei Nichtschreibende zusammen und unterzeichneten Satzung und Papiere zur Gründung des *Goldstadt-Autoren e. V.* Das Ziel war die Schaffung einer Plattform für angehende und aktive Autoren sowie für Literaturbegeisterte zur gemeinschaftlichen Förderung und Weiterentwicklung im schriftstellerischen Bereich.

Heute sind wir auf dreißig Mitglieder angewachsen und blicken mit Stolz auf die vielen Veranstaltungen zurück, die wir in den vergangenen fünf Jahren durchgeführt haben.

In dieser Anthologie präsentieren Vereinsautorinnen und -autoren Ausschnitte aus dem breitgefächerten literarischen Sortiment, das unser Verein mittlerweile zu bieten hat.

PAUL GASSLER
1. Vorstand

EINLEITUNG

Wer seit Jahren in der »Goldstadt« lebt, dazu Artikel über das Geschehen in dieser Stadt schreibt, der sollte manches zu erzählen haben. Als Journalistin konnte ich zwar nicht unmittelbar an diesem literarischen Projekt teilnehmen, bin aber froh über die Gelegenheit, mich durch diese einleitenden Worte daran beteiligen zu können.

Ob heiter und besinnlich, mörderisch und fantastisch oder sonderbar und skurril: Die Vielfalt zwischen Erfahrung und Erfindung, Wirklichkeit und Unwirklichkeit, mit der meine Schreibkollegen zu Werke gegangen sind, beeindruckt mich wirklich sehr.

Beispielsweise ist die Rede von einer »bedrohlichen« Statue im beliebten Stadtpark. In ironisch gefärbter Heiterkeit ruft die Autorin Kindheitserinnerungen wach, wobei der Leser mit dem Charme des Ortes und der Magie der Dinge konfrontiert wird. In Versen mit dem Ittersbacher Bähnle nach Pforzheim unterwegs zu sein, erweckt Bilder im Kopf und lässt Gefühle aufkommen, die mancher Zeitgenosse noch tief in sich trägt. Und – ein norwegischer Goldschmiedeschüler erkundet mit seinem Hund die Enz. Es ist beachtlich, was alles an diesem Fluss geschieht. Auch ein Mord. *Ein* Mord? Pardon, das sind nun wieder ganz andere Geschichten. In der Goldstadt und Umgebung *isch ebbes* los!

Kurzum: Das gefächerte Sammelsurium an unterhaltsamer wie ernster Prosa und Lyrik lädt nicht nur zum Lesen ein, es ist darüber hinaus eine Laudatio an die Heimat, die aller Ehren wert ist.

INA ZANTOW

WIE'S ISCH!

A. S. SCHMIDT

La Dorada

Ich heiße Anton Graf, bin 53 Jahre alt und gehe in meiner Funktion als Stadtrat der Stadt Pforzheim wie jeden Montagmorgen zu einer nichtöffentlichen Sitzung des Gemeinderats. Es gibt insgesamt vierzig von uns.

Eigentlich komme ich aus Aalen im Vorland der Schwäbischen Alb, aber die Liebe, oder besser gesagt, was ich dafür hielt, hat mich vor zweiundzwanzig Jahren hierher verschlagen.

Es ist kurz vor neun an diesem eisig kalten, mit tiefen grauen Wolken verhangenen Januartag. Es kommt mir so vor, als wolle es überhaupt nicht mehr hell werden. Egal, auch das wird sich bald ändern, wenn sie hören, was ich vorzuschlagen habe. Die werden Augen machen, feixe ich insgeheim, und schreite mit großen Schritten über den Marktplatz zum Neuen Rathaus.

Im kleinen Sitzungssaal des Ratsaalgebäudes, von wo man über die Zerrennerstraße hinweg den schönsten Fleck Pforzheims überschauen kann, setze ich mich an meinen Platz und richte meinen Blick aus dem Fenster auf die Stadtbibliothek, das Stadttheater und die Stadtkirche.

Wer hat sich bloß solch langweilige Namen ausgedacht? Andere Städte haben doch auch wohlklingende Namen für ihre Sehenswürdigkeiten gefunden, wie die »Herzogin Anna Amalia Bibliothek« in Weimar oder das Markgrafentheater in Erlangen, und irgendwer hat Kirchen, Münster sowie Kathedralen deutschlandweit mit den Namen sämtlicher Heiliger der Kirchengeschichte versehen. Nur wir nicht.

Als sich der Saal gefüllt hat, grüße ich in die Runde und lasse mir nichts anmerken. Zur heutigen Sitzung sind nur fünf Stadträte erschienen, die wir umgangssprachlich »den Ältestenrat« nennen. Ich gehöre seit zwei Jahren diesem Altherrengremium mit Dame an.

Die Dame heißt übrigens Johanna Ritter, die mit ihren 49 Jahren darauf besteht, mit Fräulein angesprochen zu werden und immer sehr adrett gekleidet ist. Als Stadtkämmerin wacht sie, seit dieser Sache vor ein paar Jahren, wie ein Zerberus stets darüber, dass hier nichts aus dem finanziellen Ruder läuft.

In dieser informellen Runde werden keine Anträge diskutiert oder Beschlüsse gefasst, sondern über die Stadtentwicklung gesprochen.

Und heute steht nur ein Punkt auf der Agenda: Die Bewerbung Pforzheims als Kulturhauptstadt im 250. Gründungsjahr unserer Schmuck- und Uhrenindustrie.

Ich muss an mich halten, um nicht laut loszulachen, als unser Oberbürgermeister die Sitzung eröffnet und ohne eine Miene zu verziehen den einzigen Agendapunkt von einem Blatt Papier abliest.

»Meinungen dazu?«, fragt er, wortsparend und übellaunig wie immer.

»Ja, ich«, sage ich schnell, bevor mir jemand zuvorkommt, räuspere mich, setze mich gerade und strecke den Rücken durch.

»Meine Herren, Fräulein Ritter, ich komme soeben aus meinem wohlverdienten Winterurlaub aus Spanien. Barcelona, um genau zu sein, und dort hatte ich eine Idee. Ich finde, es ist an der Zeit, dass wir der Stadt zum 250. Goldstadt-Jubiläum einen anderen, angemessenen Namen geben, sie umbenennen, verstehen Sie, und nicht nur die Stadt selbst, auch ihre Sehenswürdigkeiten.«

Ich lehne mich erhobenen Hauptes und mit herausforderndem Blick zurück und harre der Reaktionen.

»Haben Sie zu viel Sangria gesoffen da unten?«, fragt Metzgermeister Müller zu meiner Rechten. »Die Stadt umbenennen? Ja, sind Sie denn von allen guten Geistern verlassen?«

»Ganz im Gegenteil«, antworte ich.

»Ich nehme an, Sie haben sich auch schon einen Namen ausgedacht?«, fragt zu meiner Linken Herr Rotmeyer, ein pensionierter Gymnasial-lehrer, und grinst mich unverschämt an.

»La Dorada«, antworte ich und lege ein erha-benes Lächeln auf.

»Wie bitte? La was?«, fragt nun Herr Fischer, seines Zeichens ehemaliger Vorsitzender der Handwerkskammer.

»La Dorada, wie El Dorado. Das heißt ›der Vergoldete‹. Aber weil wir eine Stadt sind, muss sie natürlich ›La Dorada‹ heißen, *die* Stadt, ver-stehen Sie? Weiblich«, erkläre ich.

»Ja ... aber, das geht doch nicht!«, blafft nun wieder Herr Müller dazwischen. »Herr Bürger-meister, was sagen Sie denn dazu?«

»Spinnst du jetzt völlig, Anton?«, fragt mich dieser und wirft mir einen bitterbösen Blick zu.

Ich verneine und antworte: »Der einzig wohl-klingende Name in der ganzen Stadt ist ›Monte Scherbelino‹, finde ich. Da war wenigstens mal einer ein wenig kreativ. Wie wollen wir uns mit einem Namen wie *Pforzheim* als Kulturhaupt-stadt bewerben? Wenn ich zu den Leuten sage, ich komme aus *Pforze*, was wie *Furze* klingt, ver-ziehen sie die Nase, und wenn ich laut und deut-lich erkläre, *Pforzheim*, sehen sie mich immer noch an, als hätte ich einen fahren lassen. Und sagt nicht, euch geht es nicht genauso.«

»La Dorada«, sagt Johanna Ritter, gefolgt von einem verzückten Seufzer. »Ich finde das schön –

irgendwie romantisch. Das würde die Touristen in Scharen anlocken, was unseren leeren Kassen sehr gut tun würde. Alle würden sich die Stadt La Dorada an der Enz ansehen wollen. Man könnte zum Jubiläumsjahr den Monte Scherbelino mit einer goldfarbenen Folie verhüllen, so dass er schon von weitem sichtbar gülden in der Sonne glänzt.«

»Jetzt fängt die auch noch an zu spinnen und will einen auf Christo machen! Und den Sonnenberg nennen wir dann ›Monte del Sol‹, oder was?«, brummt Herr Eisemann, der sich Kapitän zur See nennt, nur weil er dreißig Jahre lang einen alten Frachtkahn den Rhein rauf und runter geschippert hat.

»Warum denn nicht?«, entgegne ich. »Und seien Sie nicht so unverschämt. Das war eine wunderbare Idee von Ihnen, Fräulein Ritter. Und aus der Stadtbibliothek könnten wir zum Beispiel die ›Markgraf Ernst von Baden Bücherei‹ machen. Die Stadtkirche in ›Karl Joseph Bouginé Kirche‹ umtaufen, das war ein evangelischer Theologe und Lehrer aus dieser Stadt. Und aus dem Stadttheater das ›Carl Wilhelm Kahlo Theater‹ machen. Kennt den vielleicht jemand?«

Ich schaue alle Anwesenden der Reihe nach an und ernte nichts als Achselzucken und angewiderte Blicke. Bis auf Fräulein Ritter, die scheint hingerissen von meinen Ideen zu sein.

»Grundgütiger«, sage ich in gespielter Empörung. »Carl Wilhelm Kahlo war Fotograf und der Vater von Frida Kahlo, ihr wisst schon, die berühmte mexikanische Malerin. So was muss man doch ausnutzen.«

»Es reicht jetzt, Anton!«, blafft mich der Oberbürgermeister an. »Und aus dem Leopoldplatz machen wir ›La Plaza Leopoldo‹ und veranstalten Stierkämpfe, oder wie? Das ist eine ernste Angelegenheit, und ich verlange, dass wir eine so wichtige Sache mit der nötigen Seriosität diskutieren und nicht wie die sprichwörtlichen Pforzheimer Seggl.«

»Das war mein Ernst«, antworte ich.

»Dein Vorschlag ist abgelehnt, die Sitzung vertagt, bis jemand etwas Vernünftiges zu diesem Thema beizutragen hat. Guten Tag, meine Herren, Fräulein Ritter.«

Der Oberbürgermeister faltet das vor ihm liegende Blatt mit dem Agendapunkt zusammen und steckt es in die Jackentasche, steht auf, bleibt kurz vor mir stehen und presst die Lippen aufeinander, als wolle er noch etwas sagen. Tut er aber nicht. Stattdessen stürmt er aus dem Raum, gefolgt von den anderen Ratsmitgliedern, die kopfschüttelnd und spottend an mir vorbeigehen.

Draußen hat es angefangen zu schneien. Über den Dächern von Pforzheim, nein, von *La Dorada*, hat sich eine Puderzuckerschicht niedergelegt, und ich schaue mit zufriedener Miene hinaus. Dass sie meinen Vorschlag ablehnen würden, war klar, aber wenigstens hat mal jemand etwas in dieser langweiligen Runde gewagt.

»Herr Graf?«

Ich drehe mich um und sehe Johanna Ritter hinter mir stehen.

»Ich habe gar nicht bemerkt, dass Sie noch da sind«, entschuldige ich mich.

»Wollen wir nicht eine Tasse Kaffee zusammen trinken gehen? Ich würde gerne mehr über *La Dorada* hören.«

»Sehr gerne, Fräulein Ritter«, sage ich und hake mich bei ihr unter.

Dann legt sie ihren Kopf ein wenig schief und zwinkert mir zu.

»Sie können Juanita zu mir sagen.«

»Mit dem größten Vergnügen«, antworte ich. »Ich bin Antonio.«

ERNST MERZ

ODE AN DIE GOLDSTADT

Wer kennt sie nicht, die kostbar edlen Steine,
die meisterhaft in Gold und Silber eingefasst.
Erst durch den Schliff erglänzen sie im Scheine,
wenn grelles Sonnenlicht zum Brechungswinkel passt.

Durch Bomben lag dies Handwerk in den Trümmern,
seit jeher war bekannt der Gilde güldne Kunst.
Jetzt galt es, sich um Aufträge zu kümmern,
Graveure, Fasser, Schmiede standen hoch in Gunst.

Die Nachkriegsjahre düngten hart, nicht unbrisant,
die Schreckensbilder schwerlich auszuroden.
Dem Phönix gleich, entstieg der Dachstuhlfabrikant,
trotz Krankheit, Tod und Hungerperioden.

Gern hat ein Goldschmied Hilfsarbeiter eingestellt,
mit Muggeseggele lief vieles runder.
Schnell hat zu Pforzheims Ruhm sich auch das Gold gesellt,
die Zunft gebar durch Ehrgeiz wahre Wunder.

Noch waren spärlich angefüllt die Kassen,
in Kleinbetriebe brachten Rassler neuen Schwung.
Auf lauten Eisen schritten sie durch Gassen,
die Goldschmiedbauern blieben in Erinnerung.

Das Diftele lag lange wach, fand keinen Schlaf,
hat's Schüttelfass mit Stahlkugeln erfunden.
Auch ließ man Steine wachsen, was Profit betraf,
so konnten Schmucksteinfasser schnell gesunden.

Die Polisseusen schliffen und polierten,
gelegentlich auch Sprachgeschwätz aus Kapos Mund.
Wenn reich gefasstes Gold die Perlen zierten,
schnell tat zum Juwelier die Qualität sich kund.

Tagtäglich drehten Ausläufer die Runden,
sie brachten ihre Waren zum Bestimmungsort.
Bis in die Nacht verliefen ihre Stunden,
erst wenn kein Auftrag vorlag, schickte man sie fort.

Aus allen Angeln platzten kleine Räume,
ein Segen für die Menschen dieser Region.
Klein Genf, das war der Grundstein mancher Träume,
so blieben Schmuckfabriken nicht nur Vision.

ALEXANDRA DIETZ

Die Reise einer Taschenuhr

Darf ich mich vorstellen?

Gestatten, ich bin eine Taschenuhr. Manche meinen auch: »Schäbiges altes Ding« oder schlichtweg »unbrauchbar«. Dabei würde mein Uhrwerk nach ein paar fachmännischen Handgriffen wieder schnurren wie ein Kätzchen. Gut, einige Macken habe ich auch an meinem Gehäuse, aber die lassen sich ausbessern.

Ich lag jahrelang zwischen Federn, Armbanduhrenbändern und unzähligen winzigen Schräubchen in einem Schränkchen mit vielen Schubladen. Das war schlimm, denn von der Welt habe ich nicht mehr viel gesehen, Tageslicht auch nicht. Jedenfalls bis zu dem Tag, an dem irgendwelche Menschen begannen, die Wohnung meines alten Besitzers auszuräumen.

Zuletzt kam das Schränkchen an die Reihe, worin ich lag. Es wurde hochgehoben, Treppen hinabgetragen und wieder abgestellt. Vermutlich im Laderaum eines großen Autos, das sich jetzt in Bewegung setzte. Das Gewackel und Geschepper tat mir gar nicht gut.

Auch während der Fahrt wurde es nicht besser. Ich bemerkte, wie das Glas über meinem

Zifferblatt beschlug, so nervös war ich. Denn ich wusste nicht, wohin mich meine Reise führen sollte.

Irgendwann hielt das Auto an. Alles wurde ausgeladen und in einen Raum gestellt. Mir war das nicht geheuer.

Als endlich Ruhe einkehrte, glaubte ich, es geschafft zu haben. Doch irrte ich mich gewaltig.

Denn schon einige Tage später öffnete eine Hand ausgerechnet die Schublade, in der ich lag. Sie griff nach mir und steckte mich in eine Jackentasche. Es folgte ein langer Marsch durch eine laute Stadt. Mir wurde angst und bang.

Ich beruhigte mich erst, als wir am Ziel angekommen waren und ich erkannte, wohin mich mein neuer Besitzer gebracht hatte: In einen großen, eleganten Juwelierladen. Überall standen moderne Vitrinen mit funkelnden Schmuckstücken und vielen prächtigen Uhren. Diese glänzten neu und schienen zu funktionieren.

Mein Besitzer ging zu einem Mann, der hinter einer Theke an einer Uhr herumhantierte. Er erklärte ihm, er wolle mich verkaufen, denn eine Reparatur käme für ihn aus Kostengründen nicht in Frage. Dann fragte er, ob hier in den Schmuckwelten Interesse bestünde.

Der Mann bestätigte, genau der richtige Ansprechpartner zu sein, denn er sei Uhrmachermeister. Er legte mich auf seinen Arbeitstisch, hob eine Lupe vors Auge und begutachtete mich von allen Seiten. Dabei lächelte er geheimnisvoll vor sich hin. Was das wohl bedeutete?

Nun wurde verhandelt, mein Besitzer erhielt Geld und verschwand.

Der Uhrmachermeister zerlegte mich in viele Einzelteile und entfernte all den Staub und Rost, der sich in meinem filigranen Inneren, einem Geflecht von Brücke, Federn und Rädern, angesammelt hatte. Das war eine Wohltat. Danach reinigte und polierte er mein reich verziertes, edles Goldgehäuse sowie das Zifferblattglas auf Hochglanz. Nun setzte er mich sorgfältig wieder zusammen.

Schließlich war seine Arbeit getan.

Ich war sehr glücklich. Endlich war ich bei jemandem, der meinen Wert erkannt hatte.

Ich erhielt einen besonderen Platz in einer der gläsernen Vitrinen, und neben mir wurde ein kleines Schild aufgestellt mit der Aufschrift: »750er Gold, gefertigt 1820 in Pforzheim.« Seither genieße ich die Aufmerksamkeit vieler Menschen.

Ob meine Reise hier zu Ende ist, weiß ich nicht. Aber ich vertraue darauf, dass mein neuer Besitzer mich nur in gute Hände abgeben wird.

CHRISTINE GEIGER

LIEBESGEDICHT AN EINE STADT

Pforzheim,
du goldengoldige Stadt,
in der mein Herz
schon als Embryo
geschlagen hat.

In deinen Flüssen verlier
und find ich mich.
In Nagold, Enz und Würm
ich spür meine Liebe zu dir.
Im Wellenstrudel führ
und zieh mich durch dich hin.

Kein Silber, kein Gold
werden mir je so hold,
wie deine Schwarzwaldpforten.
Lass meine Seele
deine Baumwipfel
horten.

Kein Gold, kein Silber
wiegt dich je auf.
Ich zieh mir all deine Uhren auf
und lauf mit dir durch deine Täler.
Straßen, Gassen, bergwärts,
breiter, schmäler.

Vom Wartberg bis zum Wasserturm
nehm ich dich im Sturm.
Kein Eck, kein Platz, kein Fleck,
die ich nicht kenn –

wenn doch das letzte Fünftel
deiner 250 Goldstadtjahr
bis heut auch
mein Leben war.

Ringe, Broschen, Ketten, Uhren …
überall sind Spuren
von glanzvoll Geschmeide.
In deinen Museen ich weide
meinen Blick.
Eindringlich schön –
mag alles, alles von dir sehn.

Sollst ewig weiter bestehn.
Pforzheim, mei Pforze,
du bist mein Geschick,
mein großgülden Glück.

Vom Zehenring
bis zum Kettending
in meinem Genick,
verschließt du mit
einer einzigen Öse
mein Geschick.

Ich blick mit dir nach vorn,
nicht zurück.
Leb in dir,
bin wieder neu geborn
in deinem strahlenden Gold.

Weil's Krieg und Schicksal gewollt,
wurdest du zerstört.
Oh, wie hätt ich sie so sehr verehrt,
deine Altstadt,
die nur noch die Erinnerung hat.

Seh ich mich satt
in geschichtlich Bildern,
wollen goldne Träume
wildern in mir.

Pforze, mei Pforze,
ich glaub bald,
ich gehör halt
für immer nur dir.

ELFRIEDE WEBER

TAGTRAUM

Thea sitzt auf ihrer Lieblingsbank hinter dem
Pforzheimer Stadttheater in der warmen Sonne.
Gegenüber sieht sie den letzten Rest der Waisenhausmauer. Wie so oft im Jubiläumsjahr hat es
sie auch diesmal magisch hierhergezogen. Doch
heute wird sie von ganz besonderen Gedanken
heimgesucht.

Sie denkt an die Menschen, die 1945 während
der Zerstörung der Stadt durch einen englischen
Bombenangriff qualvoll sterben mussten, und an
die Hinterbliebenen, die in der Nachkriegszeit
Unmenschliches geleistet hatten, um zu überle-
ben. Durch den mühsamen Wiederaufbau der
Stadt fanden Theas Großeltern, Eltern und auch
sie neue Arbeitsstellen.

Das Berufsleben hat Thea längst hinter sich
gelassen. Da ihr Zuhause im Einzugsgebiet von
Pforzheim liegt und eine stündliche Busverbin-
dung besteht, kann sie, wann immer sie Lust
verspürt, die Goldstadt besuchen und auf ihrer
Bank träumen.

Vor ihr tauchen Bilder des Kellerraumes auf,
wo ihre Großmutter zuletzt als Heimarbeiterin in
dunkler Kittelschürze am Poliergerät gesessen

hatte. Unter laut dröhnendem Motorengeräusch drückte sie goldene Backsteinarmbänder und Uhrenarmbänder an die rotierende Scheibe, bis sie glänzten. Ihr Gesicht und die Hände waren von kleinen schmutzigen Partikeln überzogen. Auch Theas Mutter war mit Heimarbeit beschäftigt. Sie setzte goldene Einzelteile für Armbänder in eine Schablone nebeneinander. Jeweils zwei Goldstifte mussten als Verbindung in jede Öffnung geschoben werden. Manche Stifte waren so dick, dass ihre Mutter am rechten Ringfinger ein entzündliches Überbein vom mühsamen Drücken bekam. Theas Großmutter wie auch Mutter waren als Poliseusen in einer Schmuckfirma angelernt worden. Der Großvater hatte sich bis zum Kabinettmeister einer Goldwarenfabrik hochgearbeitet, und Theas Vater war Angestellter in der Pforzheimer Gold- und Silberscheideanstalt gewesen. Die ganze Familie war seit jeher eng verbunden mit der Stadt.

Thea atmet tief durch und richtet ihr Augenmerk auf das Überbleibsel der Waisenhausmauer. Ein kleines Stück Geschichte, das nach der Zerstörung Pforzheims noch übrig geblieben ist. Diesen Ort empfindet sie ganz besonders anziehend, hier fließen die beiden Flüsse Enz und Nagold zusammen.

Theas Blick bleibt an den Gitterstäben der Fensteröffnungen hängen, die einst zur Südmauer des ehemaligen Dominikanerinnen-Klosters gehörten, das später als Waisenhaus fungierte. Die Öffnungen scheinen größer zu werden und versuchen, Thea in die Vergangenheit mitzureißen.

»Darf ich mich zu Ihnen setzen?«, fragt auf einmal ein kleines Mädchen, das wie aus dem Nichts aufgetaucht ist und sich auf der Bank niederlässt. Noch bevor Thea sich wundern oder antworten kann, sieht sie vor sich buckliges Kopfsteinpflaster, auf dem abgemagerte Kinder spielen.

Das Kind neben ihr beginnt zu erzählen:

»Ich bin sehr früh verstorben, doch ich komme oft hierher, an diesen schicksalhaften Ort. Hungersnot und Krankheiten führten in meiner Zeit zum Tod vieler Menschen, darunter waren auch zahlreiche Kleinkinder. Viele Waisenkinder wohnten in diesem großen Gebäude, von dem heute so wenig übrig ist. Erst als dort die erste Taschenuhrenfabrik mit Lehrwerkstätte eingerichtet wurde, in der wir Kinder eine Ausbildung genossen, ging es uns besser.

Eines Tages spazierte genau an dieser Stelle ein feiner Herr vorbei. Ich saß auf einem Holzschemel und ritzte mit meinem Stichel auf der glatten Metallplatte herum, die ich von meinem Lehrherrn zum Üben bekommen hatte. Der Herr fragte: ›Kleine, was machst du denn da?‹ Schüchtern gab ich zur Antwort: ›Ich versuche, das Wort

Frieden in den Stahl zu ritzen. – Und wer bist du?‹, fragte ich ihn. ›Ein Edelsteinhändler‹, sagte er, holte etwas aus seiner Tasche und hielt es mir entgegen. Ich trat ganz dicht an ihn heran und bemerkte, dass vor meiner Nase ein braunes Ledersäcklein baumelte. Er sagte: ›Hier drinnen sind Stücke von Halbedelsteinen, doch unter ihnen befindet sich ein echter kleiner Rubin, seine Farbe ist blutrot, vielleicht bringt er dir Glück.‹ Hastig griff ich nach dem Säcklein, bedankte mich, rannte fort und versteckte mich hinter einem Gebüsch. Zum Glück hatte mich niemand gesehen, der mir mein Geschenk hätte streitig machen können. Neugierig schüttete ich meinen Schatz, der in allen Farben funkelte, vorsichtig auf den Boden. Ich suchte nach dem blutroten Stein, fand ihn und hielt ihn fest in meiner rechten Hand. Die restlichen Steine gab ich zurück in den Lederbeutel. Ich überlegte, wie ich meine Steine schützen könnte. Da erblickte ich einen Grenzstein im Gebüsch, der fest vermauert war. Dort vergrub ich den Beutel. Ich klopfte die Erde über meinem Schatz fest an, erhob mich und wollte gerade gehen, da bemerkte ich, dass meine rechte Hand blutüberströmt war. In ihr klebte der rote Rubin. Ich erschrak so sehr, dass ich den Stein wegwarf. Wer weiß, ob er jemals gefunden wurde.«

Erschaudernd kommt Thea zu sich. Sie fröstelt und fragt sich, ob der Stein und das Blut eine Vorahnung auf das schreckliche Kriegsereignis gewesen sein mochten. Vorsichtig blickt sie umher, womöglich fände sie sogar den geheimnisvollen Grenzstein mit dem verborgenen Schatz.

Doch dann muss sie lächeln, als ihr bewusst wird, dass sie immer noch auf ihrer Bank im hellen Sonnenschein sitzt.

Allein.

ROLF ZEFFERER

HUNDERT ÉBAUCHES

Herr Knecht, Kapo bei einem Steinhändler, kam meist, nachdem meine Großeltern zu Abend gegessen hatten. Er spazierte immer direkt in die Wohnessküche, wo die große Werkbank meines Opas stand. Die Werkbank bot Platz für drei Goldschmiede. Mein Opa hatte seinen Platz am Fenster, von dem er die Straße bis hin zur Wirtschaft an der Kreuzung zur Durchgangsstraße einsehen konnte. Kochte meine Oma Sauerkraut, so gab es drei Tage lang Sauerkraut.

»Rike, stell doch ein Teller vom guten Kraut mit Ripple für Herr Knecht uf de Tisch«, bat mein Opa auch an jenem Abend.

Doch Herr Knecht verzog leicht das Gesicht und lehnte ab. »Noi, Willem, ich geh noch zum Reischter, un werd oin Wurschtsalat esse.«

Mein Opa schielte links an der Werkbank vorbei, durchs Fenster hinaus, die Straße entlang bis zum Eingang von »Reischters« Wirtschaft, dem gemeinsamen Sehnsuchtsort vom Kapo und seinem Goldschmied.

»I heb do was«, sagte Herr Knecht.

»Wusst ich's doch«, sagte meine Oma leise zu mir.

Herr Knecht drehte sich um und warf ihr einen bösen Blick zu. Sie ging zur Spüle, trocknete das Besteck ab und zog den Stöpsel aus dem großen Granitbecken. Das schaumige Schmutzwasser floss in einem Strudel ab. Zum Vorschein kam ein schmaler Teelöffel.

»Da, Bu, sieh! Heb i's net gwisst? Du weisch, was des heißt?«

Ich wusste, was das hieß. Meine Oma Friederike hatte mir es oft erklärt: Bleibt ein Besteckteil im Abwaschwasser liegen, kommt unerwartet Besuch. Meist sehr unangenehmer Art.

Friederike war abergläubisch. Trotzdem hatte sie es in der Hand, den Löffel aus dem Wasser zu nehmen, bevor sie den Stöpsel zog.

Herr Knecht hielt eine schmale, abgegriffene Ledertasche in den Händen. Er suchte und fand darin ein Ring-Etui. Er öffnete es, und selbst meine Oma hielt inne. Die Abendsonne strahlte auf 18 Karat gelbes Gold. Er zog ein kleines Seidenpapier-Briefchen aus der Ledertasche, faltete es auf, und ein weißer Stein mit 56 Facetten erstrahlte neben dem unpolierten Ring.

»Kennscht mir do was an de Fassung mache? I stell mir des so vor. Hebet Sie e Stück Butterbrotpapier?«

Er schaute zu meiner Oma. Sie gehorchte und holte aus dem Küchenbuffet ein Stück Transparentpapier. Dann begann Herr Knecht mit einem

HB-Bleistift zu zeichnen. In wenigen Sekunden entstanden zwei Ansichten von dem Ring.

Mein Opa nahm Herrn Knecht den Bleistift aus der Hand und zeichnete die Fassung dazu, die am Ring noch fehlte.

»So?«, fragte er Herrn Knecht.

»Noi, gib mol de Bleistift her.«

Meine Oma reichte ihm einen Radiergummi dazu, und er korrigierte den Entwurf meines Opas.

»Des isch zu schwach«, meinte Wilhelm.

Aber ihre Aufmerksamkeit wandte sich der Straße zu.

Herr Knecht meinte: »Do guck, de Erwin ziehts a scho zum Reischter. Hat ehn sei Else nemme halte kenne.«

»Ja, un de Hugo un de Schtaibe Mandl werde a no komme«, meinte mein Opa.

»Dann henn der jo d' Goldschmiedsstammtisch zusamme. Und a no en Steierberater dazu. Gratuliere«, war der Kommentar meiner Oma.

Herr Knecht schob den Teller mit dem Sauerkraut zurück und sagte in schwäbischem Hochdeutsch: »Vielen Dank für Ihr Angebot, aber ich muss noch heim.«

Er schaute meine Oma freundlich an, schlug den Mantelkragen hoch, nahm seine Tasche und ging. Da saß mein Opa schon an seinem Goldschmiedstischle. Mit einem schmalen, weichen, zwanzig Zentimeter langen Holzstück, umwickelt mit feinstem Schleifpapier, feilte er die Fassung für den Diamanten zurecht. Goldstaub schimmerte im hellen Licht seiner Hundert-Watt-Lampe und fiel lautlos in die braune Lederschürze auf seinem Schoß, die an der Werkbank mit schwarzen Knöpfen festgeheftet war. Mit seinen dicken Wurstfingern feilte er in schwungvollen kurzen Bögen die Fassung zurecht.

Meine Mutter trat in die Küche und nahm meine Hand.

»Bei uns gibt's Linse un Spätzle mit Saite.«

Sie versuchte, mich von Opas Werkbank wegzuziehen.

Ich ließ die Holzbank los und schaute noch einmal auf das schwarze, ausgehöhlte Holzstück, in dem Wilhelm seine Goldabfälle samt Staub und Dreck aus seiner Lederschürze zu einem unansehnlichen Klumpen verschmolz. Damals für mich der schönste Teil seiner Arbeit: Das Gold zum Schmelzen bringen.

Mutter zog mich eilig zur Wohnküche hinaus. Sie öffnete die Wohnungstür und sagte zu meiner Oma: »Am Mondich bring i dir de Bu. Dann kannsch ihn zum Eikafe mitnehme. In de Kennergarte will er eh net.«

Wir stiegen eine Etage höher und gingen ins Wohnzimmer. Hier stand eine weitere Werkbank.

Die Werkbank eines Uhrmachers. Sauber und aufgeräumt, es lagen nur eine Pinzette und Schraubenzieher in allen kleinen Größen darauf. Und außerdem die ständige Begleiterin eines Uhrmachers, eine Lupe.

Mein Vater saß bereits am Abendtisch und löffelte seine Linsen mit Spätzle.

Wir setzten uns dazu, und meine Eltern aßen, so schnell sie konnten. Es galt, keine Zeit zu verlieren.

»Da haben wir was fürs Wochnend. Hundert Ébauches, glei nach de Linse fange mir a. Gell, Mama? Wir wellet doch e Häusle baue.«

Er holte aus seiner abgegriffenen Tasche zwei mausgraue Schachteln.

»Freitag, Samstag, Sonntag, des schaffe mir, gell?«

»Du moinsch, Freitagobend. Und de Bu isch erscht sechs.«

»Ach, isch gut, Lotte. Weisch, domols im Waisenhaus habe kloine Kenner die Uhren gmacht. Er kriegt des schon no.«

Mein Vater schlang die Linsen mit Spätzle in einem Rutsch hinunter, und als der letzte Wurstzipfel in seinem Mund verschwand, sagte er: »Hasch aber gut kocht, Lotte.«

Dann putzte er sich die Finger an der Cordhose ab und riss die schmalen Schachteln auf.

»Du machsch die Krone uf de Wellen druf, un

dei Mutta drückt die Federe nei, un i mach des Räderwerk, no wäre mer mol schaue, wie weit mer komme.«

Während er seinen Schlachtplan für die einbrechende Nacht bekanntgab, grinste er mich an und legte seine Hand auf meinen Kopf. Er riss den Plastikbeutel mit den hundert Aufzugswellen auf, die wie kleinste Mikado-Stäbchen auf den frisch abgeputzten Esstisch fielen. Dazu öffnete er eine Schachtel mit alten abgeriebenen Kronen aus Plastik, Messing und Stahl.

Weil ich schon zählen konnte, schob ich die Wellen zu Zehnerhaufen zusammen und ordnete die Kronen ebenfalls nach Plastik und Metall.

»Des isch net nedig«, meinte meine Mutter.

»Ach, lass en doch«, sagte mein Vater.

Ich schraubte die Kronen auf die Wellen, ordnete sie wieder zu Zehnerhäufchen und war glücklich, dass ich nebenher »77 Sunset Strip« im Fernsehen anschauen durfte.

Als ich sieben Häufchen zusammen hatte, schrie meine Mutter: »*Ach du Scheiße!*«

Eine Feder, die sie nicht in das Federgehäuse hineinbrachte, schoss wild zur Decke, prallte an die Lampe, verfing sich in der Zimmerecke und blieb auf der Anrichte liegen.

»Au des no!« Mein Vater sammelte die Spiralfeder ein. Sie hatte jetzt die ansehnliche Größe eines Bierdeckels und musste von Hand in ein

Stahlgehäuse von der Größe eines Zweipfennig-Stückes eingewickelt werden.

Mein Vater ärgerte sich über die verlorene Zeit. Ab und zu schaute er zum Fernseher, immer dann, wenn die Musik anzeigte, dass es spannend wurde.

»Lass es mol de Bu probiere un i zeig ehm, wie er mit de Pinzett umzugehe hat. De Ufzugwelle hawe Zeit«, schlug er meiner Mutter vor.

Meine Mutter verschwand in der Küche und knallte die Türe zu.

»Pass uf, Bu, des sen Ébauches, Schweizer Uhrenrohwerke. Do messe mer scho genau arbeite. De Feder isch in dere Scheib do drinne. Des gibt de Uhr de Kraft, dass sich de Zeiger drehe. Nemmsch de Pinzett ganz flach un drüggsch de Feder vorsichteg ins Gehäuse nei. Es derf koi Kratzer zu sehe sei. De Deckel dregg i druf, dass mer net von ausse sieht, dass es en kloiner Bu gmacht hat.«

Ich versuchte mein Bestes; dennoch gab es Kratzer am Gehäuse.

Als der Krimi zu Ende war, stand meine Mutter neben mir.

»Schluss jetzt. Morge isch a no en Dag.«

Sie zog mich ins Bad, dann in mein Zimmer, schaute mir noch zu, wie ich mich auszog, und als ich im Bett lag, drehte sie das Licht ab. Ich hörte sie noch reden und schlief gleich ein.

Nachts weckten mich Geräusche.

Ich hörte lautes Reden. Dazwischen Rufe, die nach »Ruhestörung« klangen.

Aber Herrn Knecht, den Staibe Mandel, den Mayer Bruno, den Billing und meinen Opa störte das offensichtlich wenig.

Sie sangen: »So ein Tag, so wunderschön wie heute!«

ERNST MERZ

FACETTENREICH

Raub, Betrug, Intrigen sich um Reichtum ranken,
Schmuck und Barren stets das hochbegehrte Ziel.
Schwer mit Gold beladen Seefregatten sanken,
liegen ungeortet meerestief auf Kiel.

Tief geschürft in Bergen lockten Glitzersteine,
doch bei Tageslicht war Katzengold der Fund.
Mit den Goldwaschrinnen wurden mühsam kleine
Nuggets ausgespült, sie lagen auf dem Grund.

Orientkulturen trieben erste Blüten,
Schmiedekunst ihr bleibendes Kulturrelikt.
Edelsteine, goldgefasst, im Licht erglühten,
Accessoires mit Diamantensplit bespikt.

Gelb und rot, auch weiß wird durch Metalllegierung,
Schmuck aus Silber, Gold, Platin, Palladium.
Viel Erfahrung braucht die Filigranverzierung,
Kreativität, Geschick, nebst Studium.

Minderwertigkeit wird Goldschmuck nie ersetzen,
denn gekauftes Pseudoglück ist sanduhrgleich.
Echter Schmuck hingegen kann in Rausch versetzen,
Seelen wähnen sich damit im Himmelsreich.

CHRISTINE GEIGER

WAS STELLT ER VOR?

Den linken Fuß stellt er vor, der Graf Otto von Bismarck im Stadtgarten Pforzheim.

Stattlich, groß, grünblau schimmernd und mächtig, furchteinflößend, zumindest für mich, steht da sein Denkmal, thront er auf einem klobigen Sockel.

Ich bin vier Jahre alt und entwicklungstechnisch in der magischen Phase, von der ich denke, dass sie bis heute bei mir wohl nie so richtig vorübergegangen ist.

Ich bin ein kleines Mädchen und von allergrößter Ehrfurcht erfüllt.

Meine Mutter ist schuld daran:

»Wenn du nicht brav bist, kommt er runter und holt dich!«

Er holt sich also kleine Kinder.

Gut, aber wohin nimmt und holt er sie sich? Was macht er mit ihnen?

Verwandelt er sie in »stierstarre« Statuen, wie er selbst eine ist?

Bei Wind und Wetter steht er da, trotzig.

Im Winter bedeckt ihn Schnee.

Die Vorstellung der Unbeweglichkeit, der toten Starre ängstigt mich.

Ich will frei sein, hüpfen, will fliegen, dreh mich im Kreise, so dass mein gemusterter Rock sich aufplustert. Er flattert, seine Gänseblümchen wiegen hin und her im Blütenmeer.

»Wenn du nicht brav bist, kommt er runter und holt dich!«

Was man immer so alles glaubt, als Kind.

Und was ist schon brav sein?

Ich bücke mich und ziehe meine blütenweißen, rutschenden Kniestrümpfe über meine festen Waden bis unter die Kniescheiben hoch.

Äußerlich aufgeräumt und ordentlich und brav, innerlich ein wildes, kaum im Zaume zu haltendes, blutjunges Füllen.

Das eigens von meiner Mutter gehäkelte »Westle« mit den schillernden Perlmuttknöpfen ist bis zum Blusenkragen hoch zugeknöpft.

»Engele, Bengele, Putzfrau, Sau …«

Wie oft spielten wir später dieses Abzählspiel mit Knopfleisten!

In meiner Tasche steckt mein Stofftaschentuch mit dem Wolf, dem Wolf und den sieben Geißlein.

Ich bin das kleinste, putzigste, das im Uhrenkasten.

Deshalb kann mich auch der bitterböse Bismarck nicht holen, weil er mich nämlich nicht sieht. Wahrscheinlich ist er eh' blind, er stiert immer so starr vor sich hin.

Weiter vorne bricht sich das Licht in den Wasserfontänen des großen Stadtgartenbrunnens.

Je näher ich ihm komme, desto schneller bummert mein Herz.

Das Wasser braust und plätschert verheißungsvoll. Ich muss mal eben, unbedingt.

Ich muss mal auf den breiten Sandsteinbrunnenrand hüpfen.

Mein Glockenrock schwingt, meine Sandalensohlen knirschen beim Bremsen kurz vorm Wasser.

Es glitzert, Sonnenlicht wandert in Schlieren über den Brunnenboden.

Ich wünschte, ich könnte eintauchen in dieses einladende Nass.

»Fall ja nicht rein!«, ruft meine Mutter.

Aber ich dreh schon meine Runden, japsend und jauchzend, weil der Wind das Wasser treibt, weil frischfeuchter Sprühnebel in der Luft hängt und mich nass spritzt.

Ich lache und renne auf dem breiten Brunnenrand immer wieder durch dieses herrliche Sonnenglitzerwasser, stolz auf meinen großen Mut.

Denn es ist Mai, ein warmer freundlicher Tag. Ein Tag für Familienausflüge.

Ein Tag, um die Blumenbeete, die sich in bunten Teppichen zwischen den kurz geschnittenen Rasen legen, zu bestaunen, farbenprächtig gemischt.

Ein Tag, um Bilder zu knipsen fürs Album mit den Fotoecken und dem hellen Knisterpapier zwischen den Kartonseiten.

Ich werde nicht müde, um den Brunnen zu rennen,

zähle die Runden.

Die Bäume rauschen.

Wolken treiben am Himmel.

Später auf dem Spielplatz schaukeln, schaukeln bis hoch zum Himmel, wegfliegen ins Azur.

Stadtgartengefühle

und der arme Bismarck ist halt doch ganz fest verankert auf seinem Sockel.

Was stellt er vor?

Den linken Fuß stellt er vor.

Weiter nichts … und doch alles.

DR. WOLFGANG WEIMER

DA IST WAS LOS IN DOBEL!

Alljährlich findet in Dobel das »Spectaculum« statt: ein Mittelaltermarkt mit circa vierzig Verkaufsständen und ebensovielen Schaugruppen. Das wollten meine Frau und ich uns in diesem Jahre nicht entgehen lassen und entschieden uns für den Sonntagnachmittag. Hinter unserem geäußerten Interesse an Kultur verbargen sich freilich hintergründige Absichten: Meine Frau, so stellte sich später heraus, war am Kauf eines auf mittelalterlich getrimmten Kleides interessiert, ich hingegen daran, ob angesichts der herrschenden Temperaturen im Bereich von fünfunddreißig Grad im Schatten die schwergewappneten Ritter beim Schaukampf der Schlag treffen werde.

Hinsichtlich der Frage unseres Alters und unserer Körpergröße gab es am Einlaß keinerlei Meinungsverschiedenheiten: wir mußten vier Taler pro Kopf zahlen. Taler hatten wir nicht dabei, aber Euro wurden akzeptiert. Zur Akzeptanz von Kreditkarten kann ich keine Auskunft geben.

Der Markt war ebenso weitläufig wie unübersichtlich. Die Besucher verteilten sich, sodaß man ihnen nicht zu nahe kam. Etwas später, als wir bei einem Imbißstand eine Pause einlegten, wurde uns der große Vorteil dieses Umstandes bewußt: Die Pfannkuchen-Baguettes waren zu je fünfzig Prozent mit Gemüse und Knoblauch belegt. In Gemeinschaft mit dem hitzebedingten Schweiß hätte das bei engerem Kontakt ein olfaktorisches Argument für Menschenfeindlichkeit ergeben.

Während die Leute an den Verkaufsständen geschäftig sein mußten, zollten die Schau-Ritter der Hitze Tribut, indem sie unter Zeltplanen im Freien saßen und ihre Trinkhörner in Aktion treten ließen. Ein entspanntes, fröhliches Treiben – wo ich sie doch im Schweiße ihres Angesichts auf Leben und Tod kämpfen sehen wollte. Den Kampf hat es wohl gegeben, aber wir haben den Kampfplatz nicht gefunden. Im Programm war lediglich die Uhrzeit, jedoch nicht der Ort angegeben. Daß es dabei keine Fälle von Kreislaufkollaps oder Schlimmerem gegeben hat, konnten wir den Helfern des Roten Kreuzes ansehen, die ebenfalls ganz entspannt und dösend im Schatten ihres Wagens saßen, wenn auch ohne Trinkhörner.

Meine Frau, die ja ihrerseits ein Ziel hatte, murrte nur wenig. Statt des gesuchten Kleides entdeckte sie eine entzückende lederne Handtasche mit einem originellen Verschluß. Das Pulver meiner kritischen Frage, was das mit dem Mittelalter zu tun habe, hatte ich zu diesem Zeitpunkt schon bei den Verkaufsständen für Räucherkegel und Pfannkuchen-Baguettes verschossen. Immerhin war die Tasche handwerklich gut gemacht.

Vom Kauf eines der zahlreichen angebotenen Schwerter sah ich ohne weiteres ab; lieber bekämpfe ich meine Feinde mit dem Florett der Wörter. Die Polizei weiß das zu schätzen. Auch zu einem Trinkhorn samt Gürtel konnte ich mich nicht entschließen, weil dann bestimmt viel von dem schönen Getränk herausschwappt, wenn ich mit dem Fahrrad über Waldwege fahre. Hätte ich im Mittelalter gelebt, dann hätte ich vermutlich den Trinkhorndeckel erfunden.

Beim Bummeln durch die Lagergassen konnten wir feststellen, daß wirklich beinahe alles auf Mittelalter getrimmt war – beinahe, denn man konnte bemerken, daß erstaunlich viele Ritter Brillen trugen und einige sogar hin und wieder verstohlen über ihr Smartphone wischten. Sowas nennt man wohl eine Mischkultur.

Als unbedingt hilfreich empfand ich die Trinkstände. Ein kühles Lagerbier im stilechten Tonkrug paßte perfekt zu meinen Bedürfnissen angesichts der – erwähnte ich sie schon? – lähmenden Hitze. Daß das Krugpfand doppelt so hoch war wie der Preis für das Bier selbst, hätte ich ohne zu murren in Kauf genommen, wenn der Händler mich nicht dabei um zwei Euro, Verzeihung: Taler, übers Ohr gehauen hätte. Kaufleute gehörten vermutlich schon im Mittelalter zu den Menschen, denen man genau auf die Finger schauen muß.

Meine Frau wollte den typisch mittelalterlichen Met probieren, der laut Aushang in drei Geschmacksrichtungen – trocken, halbtrocken und süß – angeboten, allerdings nur noch in süß vorrätig war. Von den Kopfschmerzen meiner Frau am folgenden Tage berichte ich ein andermal.

Da saßen wir nun mit dem süßen und dem gottlob nicht so süßen Getränk und genossen die Musiker, die natürlich nicht fehlen durften, auch wenn mir ihre Einnahmequelle unklar blieb. Ein Mann spielte auf einer Drehleier, was man nicht alle Tage hört, und wurde begleitet von einem Mädchen mit seiner Fiedel. Zwei Frauen zogen durch die Lagerstraßen, die eine den Dudelsack blasend, die andere dazu trommelnd. Ein Sammelhut – oder wie immer die damals an ihre Taler gekommen sind – war in beiden Fällen nicht am Spiel beteiligt.

Nun geht der musikalische Geschmack meiner Frau eher in Richtung Klassik, der meine in Richtung Jazz – aber sowas kann man vom Mittelalter halt nicht erwarten. Daß weder Johannes Brahms noch Miles Davis je die Drehleier und den Dudelsack eingesetzt haben, dafür können diese Instrumente ja nichts.

In unserer Nähe saßen einige Schausteller beisammen und sprachen bei abklingendem Publikumsverkehr dem Bier zu, wobei es einem, der gewiß schon seine zehn Krüge intus hatte, mühelos gelang, mit seinem Geschimpfe über Dobel die Musiker zu übertönen. Das alles zusammen ergab zwar keinen akustischen Orgasmus, war aber intensiv und originell. Wobei ich mir durchaus bewußt bin, daß »originell« ein Kompliment hart am Rande der scharfen Kritik ist. Sie wissen schon: »Wie findest du das Essen?« – »Originell.«

Wir haben den Mund gehalten angesichts des mit Dobel hadernden Trunkenbolds. Waren die im Mittelalter nicht schnell bei der Hand mit dem Fehdehandschuh oder einer Forderung zum Duell? Da hätte allenfalls meine Frau zurückschimpfen können, denn Frauen sind bekanntlich nicht satisfaktionsfähig.

Auf Dobel lassen wir jedenfalls nichts kommen und auch nicht auf sein »Spectaculum«. Selbstverständlich gibt es dort weniger Riesenräder und Achterbahnen als auf der Großen Düsseldorfer Kirmes, wie ich sie aus meiner Heimat kenne. Aber seien wir ehrlich, im Mittelalter waren die Achterbahnen eben noch nicht erfunden, auch wenn sie immerhin etwas älter sind als die Smartphones.

Nein, gegen das Leben in Dobel ist nichts zu sagen. Außer vielleicht, daß mir an dieser Stelle ein waschechter Dobler mit dem unfehlbaren Automatismus einer Maschine über den Mund fahren wird: »Des heißt net ›in Dobel‹, sondern ›uffm Dobel‹!«

ELFRIEDE WEBER

DAS ITTERSBACHER BÄHNLE

Einst fuhr die Kleinbahn übers Land,
entlang am schönen Schwarzwaldrand,
idyllisch zwischen Wald und Feldern
bis in die Goldstadt – über Keltern.

Am Bahnhof Weiler stiegen wir ein,
mein kleiner Sohn fand's Bähnle fein.
Der Schaffner half beim Einstieg hinauf
und setzte ihm seine Dienstmütze auf.

Wird es dem kleinen Schaffner glücken,
in Mamas Schein ein Loch zu drücken?
Mein Junge fackelte nicht lange,
er griff begeistert nach der Zange.

Die Bahn fing an, uns durchzuschütteln
und an den Holzbänken zu rütteln.
Kurz vor der nächsten Haltestelle
erschien des Schaffners rote Kelle.

Weil es am Schließmuskel geklingelt,
hat sich der Schaffner sehr geringelt,
verschwand in Eil' im Wartehäuschen
und gönnte sich ein kleines Päuschen.

Mit einem lautstarken »Puh, Puh«
hielt sich mein Sohn die Nase zu.
Natürlich habe ich es auch gerochen,
und mich schnell in der Bank verkrochen.

Neunzehnhundertachtundsechzig im Julei
war es mit dem Bahnfahren vorbei.
Der Triebwagen, vom Tornado erfasst,
wurde abrupt aus den Schienen geschasst.

Das Stromnetz war völlig demoliert,
doch bis Anfang August nochmal repariert.
Nach einer letzten Abschiedsfahrt
traf uns das Ende vom Bähnlein hart.

WIE'S SEI KÖNNT!

HELGA PENDELIN

Die Kronen der Macht

Zwölf Uhr mittags in Pforzheim. Gemütlich sitze ich vor der *Müssle*-Weinbar, betrachte das Schaufenster des benachbarten Juweliers und warte auf den Kellner. Er kommt, und ich bestelle.

Meine Sinne sind noch gefangen von der Ausstellung in den Schmuckwelten. Die Goldstadt feiert das 250-jährige Jubiläum ihrer Traditionsindustrie, weshalb einhundert »Kronen der Macht« dort zur Schau gestellt werden. Davon sind 75 Kronen originalgetreue Nachbildungen, und die restlich 25 verbleibenden Statussymbole der Macht sind Originale. Die niederländische Krone mit Zepter auf dem blutroten Samtkissen weckte in mir Assoziationen.

Da ich kurz zuvor im Reisebüro meinen Balearen-Urlaub gebucht hatte, dachte ich unweigerlich an den König von Mallorca. Wer kennt ihn nicht, den Jürgen mit seiner junggebliebenen Stimme und dem Hit »Ich bin der König von Mallorca«.

Endlich komme ich gedanklich wieder an, im Hier und Jetzt. Der Ober serviert mir den bestellten Cappuccino.

Vorsichtig krame ich in meinem Shopper und

ziehe das iPad hervor, lege es vor mich hin auf den Tisch. Ich traue mich lange nicht, es zu aktivieren, irgendetwas stimmt schon seit Tagen nicht damit.

Endlich fasse ich Mut und öffne das iPad, um meine Gedanken niederzuschreiben.

»Was ist das? Das kann nicht wahr sein!«

Ich traue meinen Augen nicht! Siri switcht im unteren Drittel des Bildschirmes hin und her. Ihr Körper ist ein kleiner weißer, quer liegender Tropfen, der mit einer gewissen Geschwindigkeit von rechts nach links über den Bildschirm fegt. Diese Verhaltensweise zeigt sie nur, wenn sie tillt oder irgendetwas im Schilde führt. Spricht das elektronische Wunder, ist ein weißes Mikrophon als Piktogramm auf dem Desktop zu sehen. Antworte ich, bewegt sich ein weißer stilisierter Mund mittig im unteren Drittel des Bildschirms.

Genau genommen dürfte Siri in diesem Moment gar nicht erscheinen, denn ich habe keine Karte im iPad und folglich außerhalb meines Hauses keinen Internetempfang. Aber die Funktion des Schreibens geht immer mit diesem Gerät, egal wo ich mich aufhalte.

»Siri, was willst du hier?«, frage ich angriffslustig.

»*Siri, was willst du hier,* habe ich nicht verstanden, aber ich habe das hier im Netz für dich gefunden!«, antwortet sie freundlich und öffnet die

»goldstadt250«-Webseite, worauf für die Kronen-Ausstellung geworben wird.

Seit fünf Tagen, ja, seit diesem großen Gewitter ärgere ich mich schon über Siri. Immer wieder versucht sie, mich zu hintergehen und mich vor neue Herausforderungen zu stellen. Ist Siri möglicherweise direkt in Kontakt mit einer elektrischen Ladung getreten und hat dadurch eine Schädigung davongetragen? Kann es sein, dass sich deshalb ihr Verhalten so extrem geändert hat? Ich bin ratlos. Unfassbar, was sie seither alles angestellt hat. So quatscht sie unaufgefordert in Gespräche mit Freunden rein und versucht, meine geplanten Termine durcheinanderzuwürfeln. Die Weckfunktion hält sie auch nicht ein. Außerdem taucht Madame ohne Internetzugang aus dem Nichts auf, obwohl ich ihre Funktion abgeschaltet habe. Es ist nicht zu verstehen. Ihr elektronischer Geist scheint Narrenfreiheit zu haben.

Eigentlich wollte ich das iPad heute Vormittag zur Reparatur bringen, aber wie der Teufel es will, ist der Laden wegen Inventur bis 15 Uhr geschlossen. Nun ist guter Rat teuer.

Just in diesem Moment macht sie sich wieder bemerkbar und spricht: »Ich habe das hier im Internet für dich gefunden.«

In meinem Kopf fahren die Gedanken Achterbahn. Die Wut kriecht von der Magengegend bis zu meinem Hirn empor. Keine Minute ist man alleine und kann sich seinen Hobbys widmen.

Wie von unsichtbaren Kräften gesteuert, bewegt sich mein Oberarm nach vorne, meine Hand greift nach dem Mini-PC und hält ihn verkrampft fest.

»Was wird das hier?«, erschaudert es mich.

Mit einer zackigen Bewegung pfeffere ich das iPad samt Siri in Richtung Auslagenfenster der Schmuckwelten. Ich sehe deutlich, wie das Siri-iPad durch die kugelsichere Glasscheibe hindurch katapultiert. Dann drei Sekunden Stille, schon fliegt das Geschoss zurück und macht eine Bruchlandung vor dem Schaufenster. Die Scheibe ist unversehrt.

Ich stutze, überlege nur kurz, ob ich soeben einer Täuschung auferlegen bin, und erhebe mich von meinem Rattansessel.

Befreit von allen Anspannungen gehe ich in Richtung des Schaufensters. Ich fühle mich beschwingt, leicht, dahinschwebend und dennoch fremdgesteuert. Da liegt es nun am Boden, zwischen einem Häufchen Hundekot und einer kleinen Pfütze.

»Glück gehabt, Siri«, sage ich zu ihr.

Ich beuge mich vor und greife nach dem etwas ramponierten iPad. Da fängt eine Alarmsirene zu schrillen an. Schnell springe ich an meinen Platz zurück und warte wie versteinert.

Nach gefühlten fünf Minuten rückt die Polizei mit mehreren Fahrzeugen an. Zeugen berichten lautstark von einer ungewöhnlichen Situation und zeigen mit ausgestreckten Armen in meine Richtung.

Ein Polizist kommt auf mich zu

Nun schildere ich das Erlebnis aus meiner Sicht und beantworte ihm all seine Fragen.

Verdattert schaue ich in sein Gesicht, als er mir erklärt:

»Die niederländische Krone mit Zepter, die auf dem Samtkissen lag, ist im selben Moment aus der Schaufensterauslage gestohlen worden, als Sie Ihr Gerät in diese Richtung warfen.«

»Was hab ich damit zu tun? Ja, ich war in Rage, weil das blöde Ding wieder mal gesponnen hatte. Glauben Sie mir, ich habe nichts entwendet. Wie hätte ich das tun sollen? Hier, schauen Sie in meine Einkaufstasche«, bettele ich den Gesetzeshüter an.

»Ja, das sehe ich. Dennoch scheinen Sie mit dem Ereignis eng verbunden zu sein und könnten dem Diebstahl Vorschub geleistet haben. Das ist Ihnen hoffentlich klar! Zumindest sind Sie eine Zeugin. Morgen früh um acht kommen Sie bitte aufs Revier zur Protokollaufnahme, Ihre vorläufige Aussage habe ich ja«, spricht der Polizist und geht.

Mein Cappuccino ist inzwischen kalt.

Ich schiebe fünf Euro unter die Kaffeetasse und verlasse den Restaurantbereich. Ein paar Meter weiter setze ich mich auf eine Bank und hole das lädierte Tablet aus meiner Tasche.

Das Geschehene lässt mir keine Ruhe, ich muss testen, ob das iPad noch funktioniert, und schalte es an.

»Irre, es geht!«, juble ich vor mich hin.

Aber, was ist das?

Ein weißer, waagerecht liegender Tropfen flitzt im unteren Drittel der Mattscheibe von einer Seite zu anderen. Über dem höchsten Punkt des Tropfens schwebt die niederländische Krone, angepasst auf Siris Kopfgröße, und im hinteren Drittel ihres Tropfenkörpers segelt das Zepter im Takt ihres Ganges mit.

Heimlich schaue ich mich um, ob mich jemand beobachtet. Ich bemerke nichts, verstaue rasch das iPad und mache mich flott auf den Heimweg.

Unterwegs drohe ich leise: »Na warte, Siri, du kannst was erleben, lass uns erst mal zu Hause sein.«

In meinen vier Wänden wiege ich mich in Sicherheit und packe das elektronische Wunderding aus.

»Siri«, schreie ich, »was hast du getan?«

Siri kontert frech im Singsang:

»Ich bin der König von Mallorca, ich bin der

Prinz von Arenal, ich hab zwar einen an der Krone, doch das ist mir scheißegal!«

»Es reicht!« Ich werde hysterisch.

»*Es reicht,* habe ich nicht verstanden, aber ich habe das hier im Internet für dich gefunden«, antwortet Siri mit liebreizender Stimme.

»Nein!«, stoße ich kämpferisch heraus. »Weißt du eigentlich, was du mir mit deinem Benehmen angetan hast? Nee, du hast überhaupt keine Ahnung, welche Konsequenzen das für mich haben könnte, du unsensible Siri, ich hasse dich. Oh, hätte ich bloß nie gesagt, dass du überdurchschnittlich intelligent bist! Es ist dir zu Kopf gestiegen, im wahrsten Sinne des Wortes. Oder hat dich der heftige Donnerschlag vor fünf Tagen aus der Bahn geworfen? Was mache ich bloß? Meine Existenz ist gefährdet. Wenn ich einen Eintrag im polizeilichen Führungszeugnis erhalte, bin ich meinen Job los. Möglicherweise komme ich sogar ins Gefängnis. Ist dir das klar, du dummes Ding?«

Auf meiner Stirn haben sich Schweißperlen gebildet, und ich schnappe nach Luft.

Stille auf dem Bildschirm, dann: »Oh, das war mir nicht klar. Aber ich habe das hier für dich gefunden!«

Mit ausgetrocknetem Hals starre ich auf den schwarzen Bildschirm. Bin ich jetzt im sogenannten Darknet gelandet?

Sogleich erscheint folgendes Angebot: *Verkaufe originalgetreue niederländische Krone mit Zepter, nach Wunsch auch in Einzelteile zerlegt.*

Das reicht! Wutentbrannt schreie ich Siri an: »Und ich habe das hier für dich gefunden: 16 Uhr, Reparatur beim PC-Doktor. Bis dahin sieh zu, wie du die holländische Krone mitsamt Zepter wieder in die Schmuckwelten bekommst. Und wenn Jürgen von Mallorca zehnmal so eine ähnliche Krone trägt, geht es dich nichts an, und alles andere ist *mir* scheißegal!«

Nach vier Tagen hole ich den Mini-PC ab. Der Mechaniker erklärt, was gemacht wurde, und zeigt mir die sachgerechte Bedienung.

Befreit und gut gelaunt gehe ich nach Hause. Immerhin hatte ich genügend Zeit, um mich von Siris Eskapaden zu erholen. Vor dem Einschlafen brauchte ich weder Baldriantropfen noch musste ich Schäfchen zählen.

Am Abend aktiviere ich die Weckfunktion und schlafe sofort ein.

Am Morgen schrillt es laut in meinen Ohren. Mein Wecker! Dazu im Hintergrund ein melodischer Weckruf des iPads.

Entspannt strecke ich meine Glieder, als plötzlich eine Stimme loslegt:

»Ich wünsche, wohl geruht zu haben! Jetzt aber zackig, die Arbeit ruft!«

Es ist Siri, die meine Gedanken lautstark nachäfft.

Verzweifelt greife ich nach meinem Gerät, aktiviere es und rufe nach ihr.

Sie erscheint, freudig erregt, mit Krone und Zepter.

ANNA-LENA LUCKE

ZEITSPRUNG

Frederick stand vor einem der Verkaufsstände des Abendflohmarktes in Pforzheim und besah sich eine Taschenuhr, die in einer Vitrine vor ihm lag. Die Uhr war aus Silber, zumindest dachte er das, und mit feinen Gravierungen verziert, die er durch das dicke Glas nicht richtig erkennen konnte.

Er suchte nach einem Geburtstagsgeschenk für seine Cousine Valentine. Nicht dass er Valentine besonders gut leiden konnte, nein, das beim besten Willen nicht. Sie war rechthaberisch, herrisch und hatte ihm, als sie klein waren, immer die Lutscher geklaut und ihn Sand essen lassen. Doch sie waren wohl oder übel miteinander verwandt, und so forderten der Anstand und seine Mutter, dass er ihr ein Geschenk kaufte, das schön und teuer sein musste.

Weil er dieses Jahr nicht zu viel ausgeben wollte, da er armer Student war und fand, dass so viel Boshaftigkeit nichts Teures verdiente, hatte er beschlossen, auf dem Abendflohmarkt nach etwas Passendem zu suchen.

Er war nicht aus Pforzheim, und so hatten ihn die großen Steine in der Enz, die golden ange-

strichen worden waren und wohl große Gold-
klumpen darstellen sollten, zuerst etwas verwundert. Erst nach und nach konnte er einen
Zusammenhang zum 250-jährigen Jubiläum der
Schmuckindustrie der Stadt herstellen. Was auch
daran liegen mochte, dass er beim ersten Anblick
der goldfarbenen Steine dachte, es handle sich
um sogenannte »Moderne Kunst«, oder anders
ausgedrückt: Die im Kindergarten waren wieder
kreativ.

Er hatte die Steine mittlerweile schon längst
wieder vergessen und wandte sich jetzt dem
dickbäuchigen Verkäufer hinter dem Stand zu.

Mit seinem charmantesten Lächeln, von dem
er hoffte, es würde den Preis senken, fragte er:
»Dürfte ich wohl einmal diese wundervolle Uhr
genauer ansehen?«

Der Verkäufer musterte ihn einen Moment, in
dem er sich offensichtlich überlegte, ob Frederick
trotz seines Kleidungstils und den etwas zu langen Haaren zu trauen war. Er kam anscheinend
zu dem Schluss: jung und zu nichts zu gebrau-
chen, aber nicht gefährlich. Die Entscheidung des
Verkäufers lag wahrscheinlich nicht zuletzt an
dem Blick, mit dem er Fredericks Beine bedachte.
Man konnte sehen, wie er dachte: »Zu mager, zu
stummelig zum Wegrennen, und außerdem habe
ich einen Baseballschläger unter dem Stand liegen.«

Der Mann grunzte, öffnete die Vitrine und nahm die Uhr heraus, die er Frederick in die Hand drückte. »Nicht fallen lassen«, raunzte er durch seinen Bart.

Frederick nickte und nahm sie vorsichtig entgegen. Die Uhr war wirklich schön, jetzt konnte er auch die Gravierungen erkennen. Sie stellten seltsamerweise ein Ziffernblatt dar. Er hielt sich die Uhr noch etwas näher vors Gesicht und kniff die Augen zusammen. Der große Zeiger der Gravierung zeigte auf zwölf Uhr, während der kleine kurz davor stand.

»Hey, nicht anatmen«, brummte der Mann.

Frederick wollte gerade etwas erwidern, da machte der kleine Zeiger vor seinen Augen einen Ruck nach vorne. Er hatte nur noch Zeit, verdutzt zu schauen, schon holte ihn ein Ziehen in der unteren Magengegend von den Füßen, und er schien zu fallen. Alles um ihn herum begann sich zu drehen, immer schneller und schneller. Als er gerade dachte, jetzt würde sich sein Magen gleich nach außen stülpen, war es mit einem Schlag vorbei, und er landete unsanft auf dem Boden. Sein erster Gedanke war, ob ihm sein Mitbewohner heute Morgen etwas von dem Zeug ins Müsli getan hatte, das der alte Junkie auf ihrem Balkon anbaute.

Dann hörte er Schreie und öffnete die Augen. Er war auf einem Holzpult gelandet, vor dem etliche Menschen in altertümlicher Kleidung standen und ihn entsetzt anstarrten.

Neben ihm auf dem Pult stand ein Mann mit weißer Perücke in einem schicken Anzug und sah ihn nicht weniger entsetzt an. Frederick versuchte es mit einem Lächeln, doch er ließ es schnell wieder bleiben.

Er schien sich noch auf dem Marktplatz zu befinden, er konnte den Turm der Kirche auf der rechten Seite sehen. Als die ersten Rufe »Ein Hexer, ein Hexer« laut wurden, wurde ihm klar, dass er sich nicht mehr in der richtigen Zeit zu befinden schien.

»Der Hexer hat versucht, den Markgrafen Karl Friedrich anzugreifen«, schrie eine Frau in der ersten Reihe.

Bei dem Namen klingelte es schwach bei Frederick, doch er konnte sich nicht wirklich erinnern, aber er begriff, dass wohl der Typ mit der weißen Perücke neben ihm auf dem Pult dieser Markgraf sein musste. Er schenkte ihm ein Lächeln, das auch nicht erwidert wurde.

Frederick wurde von ein paar groben Händen hochgerissen.

»Wegen Hexerei und dem Angriff auf den ehrwürdigen Markgrafen, derweil er der Stadt das Privilegium erteilen wollte, eine Taschenuhr- und Silberwarenmanufaktur zu errichten, wirst du brennen«, sagte der Mann, der ihn festhielt.

Frederick rutschte das Herz in die Hose. Verbrennen wollte er eigentlich nicht. Er hatte sich immer vorgestellt, im Kreis seiner Frau, seiner zwei Geliebten und seiner Kinder friedlich einzuschlafen. Natürlich in einem angemessenen Alter und nicht in einer anderen Zeit.

»Können wir nochmal darüber reden?«, flehte er, doch er wurde weitergestoßen.

»Ich bin kein Hexer«, beteuerte er.

»Gewiss ist er ein Hexer«, sagte eine Frau im Publikum zu einer anderen. »Schauet nur, welch seltsame Kleider.«

»Das sind Baggy Jeans, das ist der letzte Schrei«, entgegnete Frederick verzweifelt.

Er wollte sich seiner Panik schon hingeben, da verspürte er plötzlich wieder das Ziehen und wurde von den Füßen gerissen. Erleichtert atmete er auf und hoffte gleichzeitig, es möge nicht noch schlimmer kommen. »Bitte«, dachte er, »keine Dinos«, und schloss die Augen.

Als er wieder festen Boden unter seinen Füßen spürte, zögerte er. Vorsichtig öffnete er schließlich ein Auge und zuckte sogleich erschrocken zurück. Ein Tyrannosaurus Rex starrte ihn an.

Er hatte schon laut aufgeschrien, bevor er merkte, dass der Saurier ganz schön klein war und ein paar Meter über dem Boden schwebte. Frederick hatte einen Luftballon angeschrien, dessen Besitzerin, ein ungefähr fünfjähriges Mädchen, ihn böse ansah.

»Was ist jetzt?«, riss ihn der Verkäufer zurück ins Hier und Jetzt. Frederick hatte keine Ahnung wie, aber er schien eine Zeitreise gemacht zu haben, ohne dass es jemandem aufgefallen war, und die Uhr war schuld. Mit einem Lächeln drehte er sich zu dem Verkäufer um.

»Ich nehme sie«, sagte er.

Endlich würde seine Cousine mal ein Geschenk bekommen, das sie wirklich verdient hatte, und es war sogar teuer, fast hundert Euro. Doch war sie jeden Cent wert, das wusste Frederick.

ANDREA LUTZ

Stoizwergle

Ein heißer Sommertag ging zu Ende. Der Abend
brachte endlich Kühlung. Zufrieden betrachtete
Laurits seine über den Tag angefertigten Collier-
Entwürfe. Da war sicher der eine oder andere
dabei, den er verkaufen konnte.

Laurits besuchte die Pforzheimer Gold-
schmiedeschule. Mit dem Verkauf seiner Ideen
an ortsansässige Schmuckhersteller verdiente er
sich ein wenig zum monatlichen Unterhaltsgeld
seiner Eltern hinzu.

Obwohl es schon kurz vor Mitternacht war,
beschloss Laurits, noch eine Runde mit seinem
Hund Thore zu drehen. Thore war ein pech-
schwarzer Labrador. Man sagt, die Vorfahren
dieser Rasse stammen aus Neufundland. Laurits
glaubte, die nördliche Herkunft seines Hundes
sowie die seine aus Norwegen trugen sicherlich
einen großen Teil dazu bei, dass sowohl Herr als
auch Hund Temperaturen über fünfundzwanzig
Grad Celsius nicht besonders mochten. Doch zu
dieser späten Stunde war es im Freien ange-
nehm.

Laurits griff nach der Hundeleine. Sofort
stand Thore neben ihm und wedelte begeistert

mit dem Schwanz. Draußen überquerten Herrchen und Hund die Straße am Fluss und stiegen die Uferböschung hinunter zum Wasser.

Wasser? Nun ja, die Enz hatte Niedrigwasser.

Laurits zog seine Turnschuhe aus und knotete die Schnürsenkel zusammen. Dann hängte er die Schuhe über seine Schulter und setzte den Weg im kühlen Nass fort. Das Wasser reichte knapp bis zur Hälfte seiner Waden.

Thore kam natürlich sofort hinterher gesaust. Er liebte Wasser!

Kurz hinter einem Steg sah Laurits einen großen, goldfarbenen Findling in der Mitte des Flusses liegen. Der musste wohl zur ›Spur der Steine‹ gehören, welche die Stadt zur Feier ihres 250-Jahre-Schmuckjubiläums angelegt hatte. Vergoldete und lackierte Findlinge, die von Ost nach West markante Punkte der Goldstadt zeigten. Eine gute Idee.

Laurits setzte sich ans Ufer, verschränkte die Arme im Nacken und ließ sich in das immer noch sonnenwarme Gras sinken. Nur ein wenig vor sich hinträumen …

Thore legte sich neben sein Herrchen. Aber nicht sehr lange, zu verführerisch plätscherte der Klang des Wassers in seinen aufmerksamen Hundeohren. Erst schnüffelte er das Ufer ausführlich ab. Dann musste er dringend das große goldene Ding untersuchen. Thore kannte diese

Stelle im Fluss und wunderte sich, dieses Teil sah er dort zum ersten Mal.

Knurrend, mit gefletschten Zähnen, robbte er sich vorsichtig heran. Er blickte sich kurz um, als wolle er sich vergewissern, ob Laurits noch da war und für einen eventuellen Rückzug parat stand. Oder wollte er sagen, »bleib liegen, mein Freund, ich beschütze dich«?

Der Hund bewegte sich im Zeitlupentempo vorwärts. Weit und breit war kein Mensch zu sehen. Zu hören waren nur das glucksende Plätschern des Wassers und Laurits' gleichmäßige Atemzüge, die verrieten, dass er wohl eingeschlafen war. Entfernte Motorengeräusche und die Stimmen einiger Nachtschwärmer interessierten Thore nicht. Zu weit weg, keine Gefahr.

Auf einmal hielt der Hund inne, duckte sich und begann leise zu knurren. Dann blickte er kurz nach hinten, um zu prüfen, ob Laurits noch dalag. Die Nase in Windrichtung gestreckt, ging Thore vorsichtig auf das seltsame Gebilde zu, dessen Geruch und Aussehen er nicht zuordnen konnte. Der Brocken roch irgendwie nach Stein, aber auch seltsam metallisch. Sein Instinkt sagte ihm: Vorsicht!

Als er kurz vor dem Stein angekommen war, umkreiste er ihn aufmerksam in immer enger werdenden Runden, bis er mit der Nase fast dagegen stieß. Anscheinend drohte keine Gefahr!

Entschlossen hob er das Bein und hinterließ eine Original-Thore-Markierung. Dann blickte er in Richtung seines Herrchens, rannte zu ihm und stupste ihm mit seiner feuchten Nase gegen den Hals.

Laurits wurde wach, schaute seinen Hund an, der zu sagen schien: »Hast du gesehen, wie ich dieses Ungeheuer besiegt habe?«

Thore bellte kurz und lief wieder zurück, um nochmals das Bein zu heben.

Laurits konnte sich ein breites Grinsen nicht verkneifen.

»Ach, Thore«, flüsterte er.

Dann schlief er weiter.

»So goht des ned!« Eine aufgebracht klingende Stimme motzte Thore an. Und weiter: »Was glotsch denn so? I bin's, Sten, des Stoizwergle. I mecht des nur oimol sage: dohanne wird net napieselt! Des isch ja wohl 's Letschde!«

Thore setzte sich vor Schreck ins Wasser und schaute sich hilfesuchend nach Laurits um. Der drehte sich gerade seufzend auf die Seite und murmelte: »Ich verstehe dich nicht. Könntest du vielleicht norwegisch sprechen?«

»Ob i *wie* schwätze soll?«, antwortete der Kleine verdattert und kratzte sich nachdenklich am Kopf. »Au, jetzedle hab i's kapiert. Du moinsch, i soll hochdeudsch schwätze? Wenn d' moinsch!«

Jetzt setzte sich der Zwerg und fuhr in astreinem Hochdeutsch fort.

»Also, was ich sagen will ist: Mein Name ist Sten. Ich bin der Zwerg dieses Granitsteines und seiner Kollegen. Deshalb werde ich auch Steinzwerg genannt. Jeder dieser uralten Felsen hat seinen eigenen Zwerg. Der Fels war einst viel, viel gewaltiger als heute. Dieser Teil umfasst nur ein Bruchstück seiner einstigen Größe. Und dieser Granit hier wird nicht angepinkelt! Auch nicht, wenn man Hund heißt! Der Findling ist über dreihundert Millionen Jahre alt. Viel älter als der Wald, der über ihm im Laufe der Jahrtausende gewachsen und der meine Heimat ist. Du verstehst sicher, dass ich schon allein deshalb eine gewisse Verantwortung für ihn trage. Den Meinen und mir ist nämlich zu Ohren gekommen, dass dieser Teil unseres Felsens ein Schmuckstück werden solle. Das wollte ich mir einmal ansehen, denn bisher wurde der Schwarzwälder Granit nur als Bodenbelag oder Werkstein für Fassaden, Bauten oder Denkmäler verwendet. Wobei, einige Felsbrocken haben es sogar bis zum Wellenbrecher an der Nordseeküste gebracht. Dort trotzen sie Wind, Wetter und Sturmfluten. Wobei, von Sturmflut kann hier ja keineswegs die Rede sein!«

Sten lächelte. »Ich muss sagen, dieser Findling ist wirklich zu beneiden, er ist tatsächlich zu einem Schmuckstein geworden. Das gefällt mir sehr!«

Der Kleine atmete nach dieser langen Rede tief durch und strich mit seiner kleinen Hand sanft über das versiegelte, im Mondlicht geheimnisvoll schimmernde Blattgold des Steines.

»Ich habe verstanden.« Laurits nickte. »Thore wird das nie wieder tun. Jeg lover deg*!«

Sten hatte sich auf seinen Goldfelsen gesetzt und putzte etwas umständlich seine winzige Nickelbrille. »Das will ich doch schwer hoffen. Ich kann schließlich nicht ständig aufpassen!«

Laurits rieb sich verwundert die Augen. Er musste eingeschlafen sein. Er blickte sich um und sah direkt in Thores Augen. Der hatte es sich neben ihm bequem gemacht und den Kopf auf seine Brust gelegt. Jetzt stupste er ihn mit der kalten Hundenase auffordernd an. Laurits setzte sich auf und blickte erst zu seinem Hund und dann auf den Findling. Dann zog er seine Turnschuhe an und machte sich auf den Heimweg.

Am Morgen war sich Laurits nicht mehr sicher, ob er tatsächlich so spät noch draußen gewesen war. Wenn ja, war das Erlebte ein sehr mysteriöser Vorfall, wenn nein, hatte er wohl einen sehr seltsamen Traum gehabt.

---

*) Norwegisch: Ich verspreche es dir! (Anmerkung der Autorin)

PROF. ERICH H. FRANKE

EIN GROSSER GARTEN

Wenn ich in klaren Nächten zum Himmel schaue, hinauf in das endlose Sternenmeer, dann muss ich daran denken. Die Sterne funkeln so kalt, so fern, so unerreichbar. Dann erinnere ich mich an Kamarow und Kučera und an ihr Schicksal. Vermutlich trage ich sogar einen Teil der Schuld daran. Ich habe damals einfach nicht bemerkt, was vor sich ging, zumindest nicht rechtzeitig, bevor es passierte.

Doch nun sind sie fort, verschollen, und wo auch immer sie sich gerade befinden mögen, ich bin mir sicher:

Sie werden nie mehr zurückkehren.

*

Sie fragen sich bestimmt, weshalb ich ausgerechnet für einen Menschen wie Kamarow gearbeitet habe. Ich will mich dafür nicht entschuldigen. In Wahrheit war es einfach nur Zufall gewesen.

Das Leben als Austauschstudent in Deutschland ist zwar attraktiv, aber nicht gerade billig. Deshalb war ich froh gewesen, über drei Ecken einen Job zu ergattern, mit dem ich mich wenigstens einigermaßen über Wasser halten konnte. So landete ich eben bei Kamarow und kutschierte ihn in seinem fünfhunderter Mercedes durch die Lande.

Selbstverständlich habe ich rasch sein wahres Gesicht kennengelernt. Nach außen hin stets höflich und freundlich, so jedenfalls gab er sich in der Öffentlichkeit. Hautfarbe und Religion, all das interessierte ihn nicht. Doch hinter dieser ehrenwerten Fassade war er eiskalt, skrupellos, gierig und ohne jegliches Gefühl für die Ängste und Nöte anderer Menschen.

Die Leute behaupteten, er sei ein Immobilienhai. In meinen Augen jedoch besaß er eher etwas von einem Krokodil. Regungslos, nahezu unbeteiligt und gleichgültig lauerte er auf eine günstige Gelegenheit. Doch wenn er schließlich zuschnappte, zerriss er – bildlich gesprochen – sein Opfer und verschlang es mit Haut und Haaren.

In der Realität waren windige Geschäfte seine Spezialität, vor allem mit betagten, halb dementen Senioren und ihren geldgierigen Angehörigen, die nicht warten wollten, bis ihre Alten endlich unter der Erde waren. Für die besaß er ein goldenes Händchen. Jedenfalls bekam er jedes Haus und jedes Grundstück, das er haben wollte, und seine Konkurrenz ging üblicherweise leer aus.

Sein Freund Kučera war aus dem gleichen

Holz geschnitzt, zumindest wenn das Wenige stimmte, das man sich hinter vorgehaltener Hand über den Baulöwen erzählte. Die Leute sagten, er besäße ein Heer guter Freunde in Ämtern und Behörden im ganzen Land und Bekannte, die ihm etwas schuldig seien. Anders wäre es wohl nicht zu erklären, dass sich Kučera Baugenehmigungen in Rekordzeit beschaffen konnte und zwar für Grundstücke, auf denen andere nicht einmal ein Gartenhäuschen hätten errichten dürfen.

Kamarow und Kučera waren wie füreinander geschaffen. Ihr Verhältnis glich der Jagd- und Fressgemeinschaft von Raubtieren, und diese Symbiose schien bei den beiden ganz vorzüglich zu funktionieren. Jedenfalls hatten sich die beiden, alleine in der kurzen Zeit, in der ich Kamarow durch die Gegend kutschierte, Grundstücke und Häuser für zig Millionen gesichert. Kamarow besorgte den Baugrund, und Kučera errichtete darauf die Wohnblocks. Doch mir konnte das schließlich egal sein.

Es ging mich ja nichts an. Ich war einfach nur froh um den gutbezahlten Job.

Der Besuch von Kneipen gehörte zu Kamarows bewährtem Repertoire, um lukrative Objekte ausfindig zu machen. Er besaß die unheimliche Gabe, rasch das Vertrauen wildfremder Leute zu gewinnen. Nach kurzer Zeit erzählten sie ihm am Stammtisch alles, was ihn interessierte.

Gewöhnlich musste ich mich dazusetzen und so tun, als gehörte ich zu ihm. Vielleicht glaubten die Leute, er sei mein Pflegevater oder so etwas in dieser Art. Er hat mich deswegen nie um Erlaubnis gefragt, das wäre ihm nicht in den Sinn gekommen. Er benutzte mich einfach so, wie der Regisseur eines Heimatfilmes einen Statisten einsetzt.

Nun saßen wir in einem Lokal im Westen von Pforzheim, im Parterre eines grauen, fünfstöckigen Wohnblockes, der eingeklemmt zwischen Dönerbuden, Sexshops und Second-Hand-Läden an einer vielbefahrenen Hauptstraße lag. Draußen dröhnte der abendliche Berufsverkehr durch den Talkessel.

Dieses Mal hatte Kamarow ein Auge auf ein altes Haus in einem Vorort der Stadt geworfen, dessen Namen ich zuvor noch nie gehört hatte. Früher hatte darin ein verschrobener Kauz gehaust, dem die Banken wohl die Pistole auf die Brust gesetzt hatten, als diesem das Geld ausgegangen war. Jedenfalls hatte er sich inzwischen abgesetzt.

Kamarow nahm dies mit befriedigtem Lächeln zur Kenntnis. Womöglich hatte er hinter verschlossenen Türen bereits einen Deal mit den Gläubigern ausgehandelt und machte sich nun an all jene heran, die ihm seine Beute streitig machen könnten. Knapper Wohnraum, unklare Besitzverhältnisse und wirtschaftliche Not. Für Kamarow und Kučera waren das ideale Voraussetzungen für ihre Jagd. Nun ging es für sie nur noch darum, die derzeitigen Bewohner loszuwerden.

Anscheinend hatte der frühere Besitzer des Grundstücks nicht allzu viele Freunde besessen und auch die hegten wohl allesamt keine besonders hohe Meinung über ihn. Jedenfalls erzählten die Leute am Tisch jede Menge Details und machten dabei aus ihren Herzen keine Mördergrube. Mitleid mit Schwachen und Solidarität war ihnen offenbar fremd. Unter Menschen war dies wohl so eine Art Naturgesetz, das hatte ich in den wenigen Wochen in Kamarows Diensten schnell gelernt.

»Angeblich war das Haus sein Laboratorium gewesen. Laboratorium! Wie das schon klingt! Eine Bruchbude ist es und eine Rumpelkammer obendrein!«

Der Sprecher nahm einen tiefen Schluck aus seinem Glas. Kamarow lauschte konzentriert. Seine Strategie bestand darin, die Gläser gefüllt zu halten, damit der Redefluss am Tisch nicht versiegte. Einfach und effizient!

Ein zweiter Mann folgte dem Beispiel seines Vorredners. Er wischte sich mit seinen dürren

Fingern über den Mund und nickte dann wissend: »Der Alte ist ein Spinner gewesen, das steht fest. Er hat Apparaturen gebaut, die für nichts und niemanden gut sind. Die Leute behaupten, er habe früher einmal Nikolay Tesla getroffen, drüben in Amerika, und sie hätten zusammen irgendwelche Erfindungen gemacht. Darüber wurden sogar Bücher geschrieben, doch die wollte keiner lesen. Es stand nur Quatsch drin, unverständliche Formeln. Nichts als brotlose Künste, wenn ihr mich fragt!«

Die anderen Männer am Tisch nickten beifällig. Einer hatte noch etwas auf dem Herzen: »Aber Geld, das hat er wohl gehabt.«

»Ja! Das stimmt schon. Jedenfalls hat er das Sladek-Haus gekauft, obgleich es dort neben der Bahnlinie ziemlich laut zugeht.«

»Ein so großes Haus, für ihn ganz alleine?« Kamarow fragte beiläufig mit uninteressiert klingender Stimme und winkte gleichzeitig dem Wirt, die Gläser neu zu füllen.

»Ja, ich glaube schon! Es war früher einmal eine Schmuckfabrik gewesen. Doch die ist schon vor einiger Zeit Pleite gegangen. Die goldenen Zeiten sind hier lange vorbei. Er hat das Haus meines Wissens günstig bekommen und es selbst bewohnt. Als er dann verschwunden ist, hat er es der alten Katharina vermacht. Dazu angeblich Geld, das bis an ihr Lebensende reicht. Na ja, er ist eben ein Spinner gewesen. Die alte Katharina hat ihm früher den Haushalt geführt. Jetzt verkauft sie Obst und Gemüse auf dem Markt. Sogar mitten im Winter. Keine Ahnung, wo sie das herbekommt.«

»Wie alt ist sie eigentlich?«

»Ach, keine Ahnung. Bestimmt aber schon über siebzig oder so.«

Kamarow schloss seine Augen. Er schien über irgendetwas nachzudenken.

»Und sie lebt jetzt im Sladek-Haus? Ganz alleine?«

Ich konnte mir lebhaft vorstellen, was Kamarow als nächstes tun würde. Deshalb war ich auch nicht sonderlich überrascht, dass ich ihn am nächsten Morgen zum Markt am Pfälzer Platz fahren sollte, wo die alte Katharina ihr Obst und Gemüse verkaufte.

Wir fanden sie an einem kleinen Tisch, hinter ein paar Weidenkörben. Interessiert betrachtete ich die Auslage und wunderte mich nicht wenig. Die saftigen Pfirsiche in dem Korb wollten so überhaupt nicht zu der Jahreszeit passen. Nun ja, dachte ich. Die Früchte können schließlich von überall herstammen.

Kamarow stellte sein bestes Maklergesicht zur Schau, denn er war schon mitten in der Arbeit.

»... und in einem Altenheim, da hätten Sie

viele Freunde und noch mehr Vergnügen. Sie würden sich um nichts mehr sorgen müssen, und …«

Ich wollte nicht länger zuhören und wandte mich ab. »Der Kerl verkauft gerade einer Blinden einen Farbfernseher!«, dachte ich, doch ich wagte nicht, irgendetwas zu sagen.

Die alte Katharina strich über ihr gepunktetes Kopftuch.

»Ich glaube nicht, dass ich wegziehen kann. Ich muss doch seinen Garten pflegen, falls er wieder zurückkommt.«

Kamarow schüttelte den Kopf, sah mich von der Seite an und flüsterte leise: »Hinter dem Haus kann sie doch nicht einmal seine Leiche verscharrt haben. Dort ist nicht genug Platz für einen Garten!«

So leise Kamarow auch gesprochen hatte, es war nicht leise genug gewesen. Katharina blickte ihn von unten her an.

»Wollen Sie ihn sich ansehen?«

Das Haus hatte bestimmt schon bessere Zeiten erlebt. Der steinerne Kasten mit seinem hölzernen Obergeschoss und für meinen Geschmack viel zu vielen Giebeln lag hinter einer Mauer aus schweren Steinen, von der überall der Putz abbröckelte. Rechts und links des Grundstücks lagen alte Fabriken oder Lagerhäuser.

Noch im Auto hatte Kamarow seinen Kumpel Kučera angerufen und zu dem Haus gelotst. Nun standen wir zu dritt an der Straße und warteten auf die Alte, bis sie endlich auf ihrem rostigen Drahtesel angeradelt kam.

Ich betrachtete derweilen die rußschwarzen Flecken um die Fenster und überlegte, ob es dort drinnen vielleicht einmal gebrannt haben mochte.

Während ich so an der Fassade hinaufstarrte, schien es mir, als würde es hinter den blinden Fenstern dann und wann bläulich blitzen, und ich glaubte, ein leises Zischen, wie von einem defekten Kabel, zu hören. So ganz sicher war ich mir dessen jedoch nicht. Vielleicht wollte ich es auch gar nicht so genau wissen.

Schließlich marschierten wir über die Hofeinfahrt hinein auf das total verwilderte Grundstück. Nirgendwo gab es um das Haus herum ein Durchkommen. Brombeerranken, wilde Rosen und was weiß ich noch alles für Gestrüpp blockierte uns den Weg.

Auf einmal erhob sich ohrenbetäubender Lärm, der mich daran erinnerte, dass hinter dem Haus, nur ein paar Meter entfernt, eine Eisenbahnlinie vorbeiführte.

Es war in der Tat keine Wohnlage, wie ich mir sie als Altersruhesitz gewünscht hätte, doch Kamarow und Kučera störte das nicht. Sie hatten bereits eine Strategie vereinbart, sich das Grundstück zu sichern, um einen Block mit billigen Wohnungen für Zuwanderer draufzustellen, denen der Lärm egal war. Doch zuvor mussten sie die alte Frau auf gute Art und Weise zum Umzug bewegen.

Katharina war inzwischen an das Haus herangetreten und winkte uns, ihr zu folgen. Sie öffnete eine Tür, die offenbar in einen Keller hinabführte.

»Wir müssen hier hindurchgehen. Hinten im Garten ist es schöner!« Katharina hustete leise, während sie hinter uns wieder die Tür schloss. »Stoßen Sie sich nicht Ihren Kopf und schließen Sie die Türen immer fest hinter sich!«

In dem Gang war es düster. Die Luft war trübe und flimmerte in einer Art, als tanzten darin Staubteilchen. Es roch seltsam, wie in einem Heizungsraum, nach Metall, Hitze und Elektrizität. Die Wände bestanden aus einem glatten grauen Material, das wie Porzellan oder glatter Beton aussah, in den schwere, metallisch glänzende Schienen eingelassen waren. Ich streckte meine Hand nach einer aus, doch Katharina hielt mich zurück: »Vorsicht! Nicht berühren! Solange der Tunnel offen ist, ist das gefährlich! Kommen Sie rasch. Die Zeit wird knapp! Wir müssen zurück sein, bevor sich der Tunnel wieder schließt.«

Ich wusste nicht so recht, was sie damit meinte. Leute mit meiner Hautfarbe werden manchmal Opfer verschrobener Scherze, doch Katharina schien es wirklich ernst zu sein. Also ließ ich meine Hand wieder sinken und trottete weiter.

Auf unserem Weg mussten wir zwei weitere schwere Stahltüren durchqueren, die mit ihren riesigen Riegeln anscheinend luftdicht schlossen. In dem unsicheren Licht konnte ich diesen seltsamen Flur nicht so richtig einschätzen. Ich hätte es nicht für möglich gehalten, dass wir so lange brauchen würden, um ihn zu durchqueren. Doch schließlich erreichten wir eine Stahltür mit einem kleinen runden Fenster darin, durch das helles Licht hereinschien.

Kamarow wollte gerade etwas sagen, doch als die Frau die Tür aufstieß, vergaß er vor Staunen, seinen Mund wieder zu schließen.

Auch ich schritt stumm hinter Katharina, Kamarow und Kučera her, die kurze Rampe hinauf, bis hin zur Oberfläche.

Von außen betrachtet erinnerte mich der Ausgang des Tunnels an ein überdimensionales, graues Kanalisationsrohr. Das Ende ragte in einem abenteuerlich anmutenden Winkel schräg aus dem Boden heraus, und wenn ich es näher betrachten wollte, begannen meine Augen zu schmerzen. In seinem Innern sah ich nichts als trübe Schwärze.

Vor uns lag eine weite, grüne Wiese, eine Lichtung, umgeben von dunklem Wald. Die

Sonne schien rötlich-golden, Vögel zwitscherten und Insekten summten.

Von dem Haus war nichts mehr zu sehen. Es wurde womöglich von den hohen Bäumen hinter uns verdeckt. Rechts vom Ausgang lag ein kleines Gärtchen. Ein Korb mit riesigen Kohlköpfen stand daneben.

»Wahnsinn!« Kamarow begann schwer zu atmen. »Ich hätte nicht für möglich gehalten, dass das Grundstück so groß ist.«

Ich selbst schwieg verwirrt, denn ich fühlte mich seltsam leicht und beschwingt, beinahe so, als würde ich schweben. Der Boden unter meinen Füßen war weich und die Luft erfüllt von Düften, und die Wärme der Sonne …

Ich stutzte, blickte zum grünlich schimmernden Himmel hinauf, in dem vereinzelte zarte, grauweiße Wolkenschleier wie Vogelfedern hingen, und erkannte plötzlich, was mich so irritierte.

Als wir vorhin vor Katharinas Haus standen, hatte es da nicht genieselt? Es war doch schon spät im Jahr, und da waren in dieser Gegend grauer Himmel und nasskaltes Wetter die Regel. Hier aber, auf der Lichtung im goldenen Sonnenschein, da fühlte ich mich wie an einem milden Frühsommertag.

Ich öffnete meinen Mund und wollte eine Bemerkung machen, doch Kamarow stieß mich an.

»Still!«

Ganz offensichtlich wollte er der Frau keine Argumente liefern, zu bleiben.

Er zückte sein Mobiltelefon, blickte mit ärgerlicher Miene darauf und steckte es gleich wieder ein.

»Verdammt! Wir haben hier kein Netz!«, flüsterte er mir zu. »Na egal! Sie gehen sofort zu den Leuten von der Bank und sagen denen, dass die Sache läuft. Wir steigen in den Deal ein! Und keinen Ton zu irgendjemand anderem! Wir schauen uns hier noch ein wenig um.«

Dann wandte er sich wieder an Kučera.

»Kommen Sie, Fedor. Wir schreiten das Grundstück ab. Hinter den Bäumen müssen wir auf die Bahnlinie stoßen. Dann haben wir die ungefähre Größe, und Sie können beginnen zu planen!« Mit diesen Worten stapfte Kamarow in Richtung des dunklen Waldsaums.

Die Alte schien damit jedoch nicht einverstanden zu sein.

»Kommen Sie zurück. Die Zeit wird knapp. In der Dunkelheit ist es im Wald viel zu gefährlich!«

Doch Kamarow lachte nur und tippte sich an seine Stirn.

Auch ich schaute verwirrt auf meine Armbanduhr. Es war gerade einmal halb elf Uhr am Vormittag, und ich fragte mich, was die alte Frau damit wohl gemeint haben mochte. Vielleicht war sie ja doch ein wenig dement.

Doch die alte Katharina schüttelte nur traurig den Kopf und murmelte leise: »Die Tage hier sind kürzer als Sie glauben, und es ist schon spät. Die Dämmerung ist nah, und der Tunnel wird sich gleich …«

Als sie merkte, dass niemand reagierte, zuckte sie mit den Schultern, wandte sich ab, hob den Korb mit dem Gemüse auf und schlurfte zurück zum Eingang des seltsamen Tunnels.

Ich verstand noch immer nicht, was sie wirklich gemeint hatte. Plötzlich spürte ich, wie ein kühler Windstoß über meinen Rücken strich. Tatsächlich hatte das Sonnenlicht eine rötliche Färbung angenommen und wurde sichtbar schwächer.

»Bestimmt ist nur eine Wolke vorbeigezogen!«, dachte ich und versuchte mich zu beruhigen. Doch dann sah ich, wie sich Katharina mit dem Korb abmühte.

»Warten Sie! Ich helfe Ihnen.«

Ich nahm ihr das schwere Gemüse ab und schaute noch einmal nach Kamarow und Kučera. Die beiden hatten bereits die Bäume erreicht. Sie diskutierten eifrig miteinander und sahen sich nicht mehr zu uns um. Vermutlich rechneten sie sich gerade ihre Gewinnmarge aus.

Die Alte stützte sich auf meinen Arm, während wir in den Tunnel hinabstiegen. »Kommen Sie rasch! Die Zeit wird knapp!«

Sie zog mich in den Tunnel hinein und warf hinter uns die Tür ins Schloss.

»Ihre Freunde sind sehr unvorsichtig. Wir können nun nichts mehr für sie tun. Nicht während der Nacht!«

Ich wusste nicht, was sie meinte, und beschloss, ihr den Korb vor das Haus zu tragen und dann die Bank zu informieren, wie Kamarow es mir befohlen hatte. Schließlich erreichten wir die Vorderseite des Hauses.

Draußen lag alles in grauem Novemberwetter. Der Regen tropfte vom Dach auf uns herunter, und kein Sonnenstrahl drang durch die dichten Wolken.

An der Straße stand der Lastwagen einer Entrümpelungsfirma. Mir schwante Übles. Bestimmt hatte Kamarow sich das Haus bereits gesichert und nun die Männer beauftragt, es zu räumen, um damit Fakten zu schaffen.

Ich versuchte, nicht hinzusehen, denn ich schwankte zwischen meiner Loyalität zu Kamarow und meinem Mitgefühl für Katharina. Ohne richtig nachzudenken, fragte ich: »Hat der Doktor diesen Tunnel geschaffen? Wieso?«

»Er sagte mir, er wolle damit in seine Heimat zurückkehren. Er hat lange experimentiert. Schließlich ist er hindurchgegangen. Ich habe ihn seitdem nicht wiedergesehen.«

»Wohin ist er gegangen?«

»Ich weiß es nicht! Der Doktor hat hinauf zum Himmel gezeigt und versucht, es mir zu erklären. Er war ein gelehrter Mann. Ich habe es aber nicht verstanden. Er hat gesagt, dass der Ausgang des Tunnels wandert. Mal hierhin, mal dorthin. Doch wenn er sich bewegt hat, endet er nie zwei Mal am selben Ort!«

Jetzt lief es mir kalt über den Rücken. »Ja, aber …? Himmel! Was wird jetzt aus Kamarow und Kučera?«

Die Alte zuckte mit den Schultern. »Sie sind freiwillig mitgekommen und haben entschieden, dort zu bleiben. Daran kann ich nichts ändern!«

Auf einmal bekam ich es mit der Angst zu tun. »Aber sie wussten doch nicht …«, stammelte ich. »Wir müssen sie warnen!«

Ohne auf Katharinas Proteste zu achten, rannte ich zurück in den Tunnel. Als ich ihn durchquert hatte, drückte ich die Tür am Ende mit einiger Mühe auf.

Ein Schwall eiskalter Luft, die irgendwie bitter roch, drang zu mir herein. Sie brannte in meinen Lungen wie Feuer. Draußen lag alles in tiefer Finsternis.

Vor Staunen erstarrt blieb ich auf der Schwelle stehen. Am Himmel leuchtete düster der Mond, der mir ungewöhnlich klein vorkam. Während ich mich erschöpft und keuchend umsah, glaubte ich einen Moment lang, eine zweite Mondscheibe zu sehen. Doch das war vermutlich eine optische Täuschung.

Ich entdeckte keine Spur mehr von dem Wald, den Bäumen und auch nicht von Kamarow und Kučera. Ich rief nach ihnen aus Leibeskräften, doch niemand antwortete mir.

Katharina war hinter mir hergerannt. Sie zerrte mich wieder in den Gang hinein, schlug die Tür zu und rief:

»Rasch! Kommen Sie! Der Tunnel wartet nicht! Er kann sich jeden Moment wieder bewegen. Wir müssen vorher zurück sein, sonst sind auch wir verloren!«

Ich erinnere mich nicht mehr daran, wie ich letztendlich zurückgekommen bin. Katharina hat mich wahrscheinlich die ganze Strecke hinter sich hergeschleift, als sei ich ein Mehlsack.

Als wir wieder vor dem Haus im Nieselregen standen, hörte ich auf einmal aus dem Innern ein Poltern. Irgendwer warf einen eisernen Kasten mit Drähten aus dem Fenster des Obergeschosses. Dann krachte es laut. Es hörte sich nahezu elektrisch an, so, als sei ein Blitz in eine Hochspannungsleitung eingeschlagen, gefolgt von einem grellen Schrei. Die Haustür stand offen und Arbeiter rannten heraus. Hinter ihnen quoll Rauch aus der Tür.

Schlagartig wurde mir klar, was das bedeutete. Die Arbeiter räumten das Haus! Und nun waren sie auf die alten Maschinen gestoßen und begannen sie abzubauen.

Katharina war aschfahl geworden.

»Was ist …? Sie zerstören die Maschine! Himmel! Der Tunnel! Ich muss sie daran hindern!«

Doch ich schüttelte nur den Kopf. »Wir können nichts dagegen tun. Kamarow und Kučera haben das Geschäft mit der Bank bereits vereinbart. Ich sollte nur die Bestätigung bringen. Aber stoppen kann ich das nicht. Kamarow und Kučera sind nicht hier. Wer also würde mir diese Geschichte denn schon glauben!«

Katharina barg ihr Gesicht in ihren Händen. »Nun muss ich doch von hier fortziehen, denn der Doktor wird nicht mehr zurückkehren! Doch Ihre Freunde sind gestrandet! Sie haben die Brücke abgerissen. Für immer! Irgendwo dort!«

Müde hob sie ihre Hand und deutete in den grauen Himmel.

*

Heute ärgere ich mich über mich selbst. Ich habe nicht rechtzeitig bemerkt, was vor sich ging, und nun ist alles verloren.

Die Reste der Erfindung des namenlosen Wissenschaftlers vergammeln im Lager irgendeines Schrotthändlers.

Wir haben uns benommen wie Wilde, die ein Flugzeug zerstören, um daraus Faustkeile und Keulen herzustellen, weil sie es nicht besser wissen.

Ich kann nicht sagen, was aus der alten Katharina geworden ist.

Bei der Bank oder gar bei der Polizei nach Kamarow und Kučera zu fragen, das habe ich mich erst gar nicht getraut. Niemand scheint sie zu vermissen.

Sie sind einfach fort, verschwunden.

Doch wo immer sie sich jetzt auch befinden mögen: Sie werden nie mehr zu uns zurückkehren!

CARMILLA DEWINTER

ALLE WEGE FÜHREN ZUM TEICH

Zog man in eine Straße, deren Namen »Im Teich« lautete, durfte man sich wohl nicht beklagen, wenn Frösche in einem echten Teich quakten.

Philipp Jahner, Kriminalkommissar ohne weitere Einschübe, schlurfte auf seinen Balkon, um diesen lauen Samstag im Frühling mit einer Zigarette zu feiern. Wie so oft fiel ihm auf, dass er sich eine ziemlich ruhige Gegend ausgesucht hatte.

Nur die Frösche aus dem Garten des Nachbarhauses, die veranstalteten einen Höllenlärm.

Heute quakten die Viecher noch lauter als sonst. Die Dame rechts unten im Nachbarhaus verwirklichte sich nämlich selbst, indem sie fast täglich in ihrer Parzelle hinter dem Haus herumwerkelte.

Prunkstück der Sammlung war eben jener dekorativ umwucherte Teich.

Soeben schnitt sie altes Gras ab, das sie über den Winter am Ufer hatte stehen lassen.

»Guten Morgen«, trällerte sie ihm entgegen, als sie ihn entdeckte.

»Morgen«, sagte er. »Haben die Frösche Junge gekriegt?«

Sie lachte, ihre geraden Zähne blitzten weiß und funkelten mit den braunen Augen um die Wette. Diese Frau sah für ihr Alter noch Bombe aus. Schade, dass sie ihr Haar unter einem kunstvoll gewickelten Kopftuch und ihre Figur unter einem losen, knöchellangen Mantel versteckte.

»Nicht doch«, sagte sie schließlich. »Kaulquappen machen keine Geräusche. Es sind nur ein paar neue Kröten hinzugekommen.«

Philipp nickte. »Woher eigentlich?«

Die Nachbarin zuckte mit den Schultern. »Ach, wenn ich das so genau wüsste. Vielleicht ahnen sie, dass die Reiher meine Bepflanzung nicht mögen.«

Aus dem nahen Nagoldtal flog tatsächlich manchmal einer dieser großen Vögel herbei.

Sie tauschten noch ein paar Belanglosigkeiten aus, dann war die Zigarette zu Ende geraucht, und Philipp ging wieder hinein. Seine Zeitung würde er drin mit einer frischen Tasse Kaffee fertiglesen.

Wie er so auf seinem Tablet durch die Meldungen scrollte, stach ihm ein Portrait seiner Nachbarin ins Auge. Einer der Lokaljournalisten hatte sie aus Anlass einer Podiumsdiskussion interviewt, so als iranischstämmige Vorzeigeausländerin. Es kamen vor allem Dinge zur Sprache, die Philipp schon wusste: Dass sie als Übersetzerin und Dolmetscherin für fünf Sprachen zugelassen war, viel mit Asylverfahren zu tun hatte und sich um die Integration von Flüchtlingsfrauen bemühte. Auf eine Frage nach ihrer Kleidung folgte eine feministisch inspirierte Tirade.

Ein Link unter dem Interview führte ihn zu einem Bericht über nämliche Podiumsdiskussion, die eben wegen des Kopftuchs der Nachbarin völlig aus dem Ruder gelaufen war. Anscheinend war es um Sicherheit und Migration gegangen. Ein Landtagsabgeordneter der AfD hatte sich durch einen Spruch unter der Gürtellinie nicht mit Ruhm bekleckert, und ein paar junge Männer vom Haidach waren vor der Tür des Bürgerhauses mit einer Truppe Antifaschisten und Türken aneinandergeraten.

Da würden sich am Montag einige Strafanzeigen auf Philipps Schreibtisch im Kommissariat stapeln.

Wegen der Anzeigen hatte er richtig vermutet. Dreimal schwere Körperverletzung. Wieso zum Henker schleppten diese jungen Kerle auch Messer mit herum? Wobei die Linksautonomen mit ihren Bierflaschen und Nietenarmbändern ebenso munter zugeschlagen hatten.

Als er am Mittag ins Kommissariat zurückkehrte, nachdem er zwei der Geschädigten im Krankenhaus besucht und sich ihr Gejammer über die blöden Ausländer respektive Scheiß-Nazis angehört hatte, wurde er zu einer sehr kurzfristigen Dienstbesprechung gerufen.

Der AfD-Landtagsabgeordnete war verschwunden. Sein Auto stand vor seiner Haustür, aber seine Ehefrau hatte ihn nicht heimkommen gehört und ihn schon am Samstag als vermisst gemeldet.

Der dritte Schwerverletzte vom Freitagabend war seit gestern nicht mehr aufzufinden. Eltern und Verlobte vermuteten eine Racheaktion der Türkenmafia. Desgleichen wurde eine junge Frau gesucht, gegen die nach einem Zwischenruf eine Anzeige wegen Beleidigung von einem gehbehinderten Sozialarbeiter vorlag.

Von zwei weiteren Jungspunden, die an der Prügelei beteiligt gewesen waren und deren Messer die Kollegen konfisziert hatten, fehlte ebenfalls jede Spur. Auch hier waren die Angehörigen in heller Aufregung. Im Internet wurden wieder regelmäßige Patrouillen einer »Bürgerwehr« angekündigt, Freiwillige sollten sich melden.

»Wir haben sowieso schon ein Problem mit Vermisstenfällen in der Stadt, Leute«, sagte der Kommissariatsleiter. »Diesmal sind die Herrschaften und die Verbindung zwischen ihnen augenfällig. Wir müssen von gezielten Straftaten ausgehen.«

Aufgaben wurden verteilt, wobei Philipp nochmal ins Krankenhaus zu den beiden Verletzten fahren sollte, um diesbezüglich Hinweise zu sammeln.

»Es war dunkel, Mann«, sagte der Punk. »Woher soll ich wissen, wer da alles geglotzt hat?«

Der andere junge Mann war mittlerweile entlassen worden und gab Auskunft per Telefon. Der Abgeordnete sei gewiss nicht unter den Schaulustigen gewesen.

Dieser sei nämlich »ein größerer Mann als ich«, mit so viel mehr Selbstbeherrschung. Ansonsten hätten noch einige Anwohner und Anwohnerinnen zugeschaut, die im Publikum gesessen hatten – er nannte Namen, soweit bekannt – und »dieses arrogante Kopftuch.«

»Wie bitte?«

»Na, die Tussi, die auf der Bühne saß. Hat sich drüber lustig gemacht, dass sie weniger Akzent hat als der Georg Andreyev.«

Bei diesem polizeibekannten Herrn handelte es sich um eine der Personen, die eine Bürgerwehr organisieren wollten. Andreyev hatte laut Berichten am Freitag zahlreiche Kommentare aus dem Publikum eingeworfen, offene Beleidigungen jedoch elegant umschifft. Und er sprach tatsächlich viel holprigeres Deutsch als Philipps Nachbarin.

»Hat er auch zugeschaut?«

»Nein, nein. Sonst hätte er einen Schrei fahren lassen und uns alle zur Sau gemacht. Auch die Kanaken, die hätten auch auf ihn gehört. Der ist ein echter Anführer. Wir brauchen mehr solche Leute.«

Den Andreyev würden sich die Kollegen mit den höheren Diensträngen vorknöpfen, ganz sicher.

Philipp bedankte sich für die Informationen und schrieb seine Berichte. Dann hatte er noch eine halbe Stunde bis Feierabend.

Womit die Zeit füllen?

Etwas juckte ihn. Der Chef hatte von den anderen Vermisstenfällen gesprochen, die sich tatsächlich häuften. Zwei davon waren über Philipps Schreibtisch gewandert. Sie betrafen Männer, die mit ihren Ehefrauen nicht gerade zimperlich umgegangen waren.

In beiden Fällen hatten Angehörige der Vermissten insistiert, dass die Familien der Ehefrauen für das Verschwinden verantwortlich seien.

Philipp hatte es darauf geschoben, dass auch viele Leute aus dem Irak, Afghanistan und so weiter ein ziemlich schräges Ehr- und Gerechtigkeitsgefühl hatten und sich erst aufregten, wenn es einem Mann schlecht ging, egal, wie mies er vorher mit der Mutter seiner Kinder umgesprungen war.

Philipp rief die Berichte auf, die er damals geschrieben hatte, und las sie durch. Alle Befragungen waren über einen Dolmetscher gelaufen. In beiden Fällen waren die Gesuchten von einem Besuch beim Amt nicht zurückgekehrt. Die zuständigen Sachbearbeiterinnen hatten sie jeweils noch gesehen, ebenfalls die Dolmetscherin, dann verlor sich die jeweilige Spur.

Die Dolmetscherin hieß Murdjana At-Taliqa.

Philipps Nachbarin. So ein Zufall aber auch.

Philipp stand auf, ging ein Zimmer weiter zu seinem unmittelbaren Vorgesetzten, aber der war nicht mehr da.

Andererseits – was sollte dieser Zufall schon bedeuten? So viele Dolmetscher für Pashto und Arabisch gab es nicht in der Stadt. Die Nachbarin war nicht stark oder groß genug, um gestandene Männer zu entführen. Leichen hätte man gefunden. Dass eine Art Gangsterring unangenehme Zeitgenossen entsorgte … schön wär's.

Aber vielleicht war ihr am Freitag etwas aufgefallen? Er würde einfach früher Schluss machen und bei ihr vorbeigehen.

Philipp packte seine Sachen, fuhr heim und fand sogar einen Parkplatz vor dem Haus. Nach einem sehnsüchtigen Blick auf sein Küchenfenster in dem Bau aus den Siebzigern schlenderte er zu dem moderneren, dreigeschossigen Mehrfamilienhaus nebenan und klingelte bei At-Taliqa.

»Ja, bitte?«, schallte es aus der Gegensprech-
anlage.

»Philipp Jahner hier. In dienstlicher Angelegenheit, fürchte ich.«

»Ach du liebes Bisschen«, sagte die Nachbarin. »Dann kommen Sie mal rein.«

Der Türsummer erklang und Philipp betrat
einen dunklen Flur, in dem es nach Putzmittel
roch.

At-Taliqa lehnte in der Tür zu ihrer Wohnung.
»Guten Abend, Herr Nachbar.«

»Guten Abend. Es tut mir leid, dass ich störe.«

Sie wedelte die Entschuldigung weg.

»Kommen Sie rein, aber ziehen Sie bitte im
Flur die Schuhe aus.«

Er tat wie gebeten und betrat ein Wohnzimmer, das bis auf die dicken Teppiche am Boden
jeder literaturbegeisterten Singledame um die
Fünfzig hätte gehören können. Fast alle Regal-
fächer waren mit Büchern vollgestopft, bis auf
eines. In diesem hatte eine elegante Öllampe aus
Messing mit zahlreichen Gravierungen einen
Ehrenplatz. Das Stück hätte direkt aus »Tausend
und einer Nacht« stammen können.

»Nehmen Sie Platz, ich bringe Tee.«

Also setzte er sich auf die Couch, holte sein
Handy für Notizen heraus und wartete, bis sie
mit einem Tablett hereinkam. Ein paar Gebäck-
stücke waren liebevoll auf einem Teller ange-

richtet, aus den verspielt dekorierten Teegläsern dampfte es.

Philipp nahm ihr eines ab und nippte daran, während sie sich auf dem Sessel niederließ.

»Also, was treibt Sie her?«, fragte At-Taliqa.

»Der Vorfall am Freitagabend.« Er stellte die Tasse ab und nahm sein Telefon zur Hand.

Sie nickte. »Eine unglückliche Geschichte.«

»Haben Sie die Prügelei beobachtet?«

Kurz betrachtete sie ihre Finger.

»Zu meiner Schande muss ich gestehen, dass ich das getan habe.« Sie hob einen Mundwinkel. »Und ich habe Ihre Kollegen alarmiert, wie schon ein paar Menschen vor mir.«

»Wo genau an der Örtlichkeit befanden Sie sich zu dem Zeitpunkt?«

»Direkt am Eingang des Hauses.«

»Es war also beleuchtet. War da noch jemand?«

»Oh, ein paar Menschen.« Sie zählte die Leiterin des Bürgerhauses auf, den gehbehinderten Sozialarbeiter und noch einen Herrn von einer der muslimischen Gemeinden in der Stadt.

Philipp notierte sich die Namen. »Sie haben doch bestimmt den Streit belauscht. Ist Ihnen etwas aufgefallen? Drohungen?«

Sie legte den Kopf schräg, lächelte aber nicht – eine eigenartige Geste für eine Frau. »Außer dem Üblichen? Worauf hätte ich denn achten sollen?«

Sollte er etwas über die mutmaßlichen Entführungen sagen? Andererseits würde die Lokalpresse der neuen Bürgerwehr vom Haidach morgen sicher eine Schlagzeile widmen.

»Ein paar der Beteiligten sind verschwunden.«

At-Taliqa nahm einen Schluck Tee.

»Tatsächlich?«

Eine kurze Stille entstand.

»Ich kann nicht behaupten, dass es mir leidtut«, sagte sie. »Meines Erachtens gehört das ganze Jungvolk ein Jahr zum Bund gescheucht, um sich auszutoben.«

Da konnte Philipp kaum widersprechen. Wer regelmäßig mit Gepäck kilometerweit durch die Landschaft joggte, hatte weniger Energie, sich am Wochenende zu prügeln.

»Aber Ihnen ist nichts aufgefallen, was auf eine Entführung oder dergleichen hinweisen könnte? Oder Drohungen gegen eine Person, die an der Diskussion beteiligt war?«

Ihre Brauen schossen nach oben.

»Nein.«

Wieder trank sie einen Schluck und schaute ihn über ihren Glasrand hinweg an. »Ich frage mich allerdings, warum Sie zu mir kommen. Die jungen Männer waren doch sicher näher dran am Geschehen?«

Philipp bemühte sich um ein Lächeln.

»Das schon. Aber Sie wurden doch schon einmal wegen Vermisstenfällen befragt?«

Sie nickte mit unbewegter Miene. »Und?«

»Ist Ihnen vielleicht am Freitag jemand begegnet, der Ihnen in Zusammenhang mit den anderen Entführungen aufgefallen ist? Entsinnen Sie sich an Personen von damals, die auch bei der Veranstaltung anwesend waren?«

At-Taliqa runzelte die Stirn. »Sie sind sehr aufmerksam.«

»Danke.«

»Oh, in diesem Fall weiß ich nicht, ob es Ihnen besonders gut getan hat.«

Jetzt runzelte Philipp die Stirn.

»Wie bitte?«

Da schnippte sie mit den Fingern.

Alles verwirbelte um ihn herum, ihm schwindelte, dann wurde ihm schwarz vor Augen.

Als er wieder zu sich kam, erschien ihm At-Taliqas Wohnzimmer wie durch einen Zerrspiegel.

Sie selbst saß immer noch in ihrem Sessel, wirkte aber groß wie ein Haus, und er musste den Kopf drehen, um sie richtig zu erfassen.

Irgendetwas stimmte ganz und gar nicht – er hatte ein unglaublich weites Gesichtsfeld, aber seine Ohren, sein Haar, das fehlte.

»Was ist denn hier los?«, wollte er fragen.

Heraus kam: »Ribitt-ribitt.«

At-Taliqa erhob sich.

Hilfe! Er machte einen Satz, landete nach endlosem freien Fall auf dem Teppich, der auf einmal hochflorig wirkte.

Die dunkle Ledercouch türmte sich wie ein Berg neben ihm.

Als At-Taliqa zur Terrassentür ging und sie öffnete, bebte es wie neben einer Bahnlinie, auf der ein ICE vorbeidonnerte.

»Sie wissen ja, wo der Teich ist«, sagte sie. »Ich habe jetzt leider einen Termin, aber später müssen wir uns unbedingt weiter unterhalten.«

WIE'S NED SEI SOLLT!

FRED KELLER

TOD DURCH SCHOKOLADE

Kriminalhauptkommissar Karsten Becker hatte
Haus und Dorf gegen eine Wohnung in der Stadt
getauscht. Zurück im Viertel seiner Kindheit,
kannte er noch jeden Winkel. Kurze Wege waren
ein Vorteil, vieles, was er brauchte, konnte er zu
Fuß erledigen. Allerdings, das musste er sich
eingestehen, staute sich hier die brütende Som-
merhitze.

Der Tag begann mit dem fast schon üblichen
Zuspätkommen seiner Sekretärin Frau Stoll, und
er beschloss, hierfür keine Energie mehr zu ver-
schwenden. Er gab ihr lediglich die Aufgabe, die
Zeit am Abend nachzuholen. Ihr Versuch, ihn mit
einem Kaffee gnädig zu stimmen, scheiterte. Sie
zerbrach dabei die einzige Glaskanne, auf die sie
Zugriff hatten. Das war dann doch etwas zu viel
für seine Nerven.

Ruhig bleiben, ermahnte er sich.

Demonstrativ gelassen schlenderte er zum
Kühlschrank, auf dem die Kaffeemaschine und
die dazugehörenden Utensilien standen. Er
schraubte das Glas auf, nahm einen Löffel Kaf-
feepulver und einen Schluck Wasser aus seiner
Flasche in den Mund, kaute und schluckte beides

hinunter. Ohne eine Miene zu verziehen, trat er an seinen Schreibtisch zurück und führte seine unterbrochene Tätigkeit weiter, als sei es das Normalste auf der Welt, so den morgendlichen Koffeinkick zu sich zu nehmen.

Irgendwann kam der Feierabend. Karsten Becker stand in der Buchhandlung seines Freundes Mario Meißner und las amüsiert den Klappentext eines Kriminalromans. Nach einem harten Tag belohnte er sich oftmals mit einem Buch oder auch mit einem Stück Kuchen, manchmal auch mit beidem. Sein Lächeln wurde breiter, und ein leises Glucksen stahl sich zwischen seinen Lippen hindurch, was den Ladenbesitzer aufsehen ließ.

»Soll laut Verlag ein ziemlich brutaler Schocker sein. Er erwartet hohe Verkaufszahlen.«

»Kann sein. Aber sicherlich, weil die meisten Leser von der Praxis so viel Ahnung haben wie eine Kuh vom Sahneschlagen. Das Geheimnis der Aufklärung eines Verbrechens ist eigentlich nur Erfahrung und Instinkt. An Zufälle glaube ich nicht. Aufmerksamkeit am Arbeitsplatz ist alles.«

Der Besitzer von *Marios Welt des Kriminellen* wollte mit der Namensgebung seines Geschäfts auf die umfangreiche Krimiabteilung aufmerksam machen. Natürlich verkaufte er auch Gedrucktes aus anderen Genres. Die Kundschaft verlangte danach. Doch seine Leidenschaft war die Mord- und Totschlagabteilung, weshalb sie stetig wuchs und ihm die Krimifans als Stammkunden sicherte.

Insgeheim verwendeten Mario und er gerne den Begriff *Marios Mord-Stadtbuchhandlung.* Das war jedoch nur ein Insiderwitz, der in einer Feierlaune entstanden war. Die Stadt hätte diese Bezeichnung sicher nicht zugelassen.

Beckers Handy vibrierte in der Hosentasche. Er zog es heraus, sah den Namen der Anruferin, verdrehte seine Augen und ging trotzdem ran.

»Hallo, Frau Stoll, im Gegensatz zu Ihnen habe ich Feierabend. Was gibt es?«

»Äh, woher wussten Sie, dass ich es bin? Ach ja, Sie sehen mich auf dem Display, weil ich eingespeichert bin.«

Himmel, lass Hirn regnen!, dachte Becker und wartete schweigend ab.

»Also, wie soll ich es sagen?«

»Kurz und präzise«, schlug Becker vor.

»Es gibt eine Tote, und ich weiß, dass Sie den Ort kennen. Der Kriminaldauerdienst hat um Unterstützung gebeten. Und da gerade alle diensthabenden Kollegen im Einsatz sind, dachte ich, ich probier's mal bei Ihnen. Ich wusste doch, dass Sie immer ans Telefon gehen.«

»Ja, blöde Angewohnheit. Sollte ich nicht mehr machen.«

»Wie meinen Sie das?«

»Vergessen Sie's. Sagen Sie mir nur, wo. Ich überprüfe mal, was passiert ist.«

Er notierte sich Straße, Ort und den Namen eines Cafés. Dann zerknüllte er den Zettel und warf ihn in den Papierkorb. *Café Tante Käthe* war ein Begriff, der bei Kuchenfreunden eine nähere Adressenbeschreibung unnötig machte.

»O Mann, wo bekommen die Ermittler in den Romanen nur ihr immer mitdenkendes Personal her?« Er deutete auf den Krimi, den er abgelegt hatte. »Deinen Schocker nehm ich mit, brauch vorm Einschlafen bestimmt noch was zum Entspannen.«

Wenige Minuten später erreichte er Eutingen, einen Stadtteil von Pforzheim. Ein Aufgebot von Einsatzfahrzeugen blockierte die enge Straße vorm Café. Beim Kranken- und Notarztwagen blinkten die Warnleuchten. Nur mit Mühe fand er einen Parkplatz und musste ein Stück laufen.

Einige aufgebrachte Schaulustige und eine den Tränen nahe Bedienung, sichtlich kurz vorm Nervenzusammenbruch, empfingen ihn an der Eingangstür.

Er stellte sich vor und zückte seinen Dienstausweis, den die Arme gar nicht registrierte.

»Ein Glück, dass Sie da sind. Jetzt wird alles wieder gut.«

Karsten Becker verstand nicht so ganz, was die Servicekraft damit meinte. *Was erwartete sie? Die Wiedererweckung einer Toten?*

»Mein Name ist Inge Merkle, ich bin Ihre wichtigste Zeugin und kann Ihnen ganz genau sagen, was passiert ist, Herr Kommissar.« Mit dieser Bemerkung stieß eine etwa siebzigjährige Frau die Bedienung zur Seite und pflanzte sich direkt vor Becker auf. »Es war natürlich Mord, kein Zweifel. Und ich weiß auch, wer es war.«

Tratschsucht müsste als achte Todsünde in das Strafgesetzbuch aufgenommen werden, überlegte Becker.

»Einen Augenblick, bitte. Lassen Sie mich durch. Ich möchte mich erst umsehen, warten Sie hier.«

Nun tauchte ein Mann hinter Frau Merkle auf und machte neben seiner Schläfe kreisende Bewegungen mit dem Zeigefinger.

»Guten Tag, Karsten, so etwas ist noch nie vorgekommen. Eigentlich hatten wir nur den Notarzt gerufen. Kurz danach kamen deine Kollegen in Uniform, gefolgt vom Kriminaldauerdienst, der den Platz absperrte und den ganzen Aufmarsch in die Wege geleitet hat.«

Arno, der etwas hagere Teil des Cafébetreiberduos war ganz außer Atem, als er ihm die Hand reichte.

»Hallo. Ja, es arbeiten viele Menschen zusammen, wenn ein Todesfall ungeklärt erscheint. Zeig mir bitte die Leiche.«

Im selben Moment trat Arnos Partner Ralf aus der Küche und beruhigte mit seiner entspannten Art die Anwesenden.

Ein Mann vom KDD kam auf Becker zu. »Hallo, Karsten, wir haben sicherheitshalber die Spurensicherung angefordert und euch informiert, weil eine Zeugin zu wissen glaubt, dass es Mord war. Meier von der Gerichtsmedizin ist verständigt.«

»Danke! Und die Dame habe ich auch schon kennengelernt.«

Arno ging voran, gleich durch die erste Tür links.

Becker fragte: »Was wolltest du mir mit deinem Zeichen sagen?«

»Tja, diese Merkle ist oft hier. Leider ein Klatschweib, wie es im Buche steht. Sie weiß alles, und das auch noch besser. Im ganzen Dorf ist *Säule* ihr Spitzname, kommt von Litfaßsäule. Natürlich nur hinter ihrem Rücken. Ich glaub, jeder Ort hat so eine Person.«

Becker machte sich eine Notiz. *Merkle kann wichtig sein, aber vielleicht nur die Hälfte glauben.*

Schnell verschaffte er sich einen Überblick. Es war kein schöner Anblick, aber wann war es das schon? Auf der Seite des Tisches, an der die Tote gesessen haben musste, lag eine umgekippte

Kaffeetasse, deren ausgelaufener Inhalt sich auf dem weißen Tischtuch zu einem hässlichen Fleck ausgebreitet hatte, und ein leeres Schnapsglas. Daneben ein angegessenes Stück von der Schokoladentorte, die Becker gut kannte. Sie hatte den interessanten Namen *Tod durch Schokolade* und war sein absoluter Favorit in der Kuchentheke dieses Cafés. Aber an einen Zusammenhang von Tod durch Torte wollte er nicht glauben.

Die Leblose lag vom Stuhl gesunken auf dem Boden. Die Augen offen und leer, das Gesicht zur Fratze erstarrt. Ihre gelbe Gesichtsfarbe ließ Hauptkommissar Becker an einen Leberschaden denken.

Ein paar Tische weiter saß eine Frau, etwa im gleichen Alter wie die Tote, die Hand um ihr Taschentuch gekrampft. Die Sanitäterin hatte tröstend den Arm um ihre Schultern gelegt und ermutigte sie, ein Glas Wasser zu trinken.

Der Notarzt trat zu Hauptkommissar Becker.

»Hallo, Karsten, wir konnten nur noch den Tod feststellen. Das dort ist die Schwester der Verstorbenen.« Er deutete mit dem Kopf in Richtung der schluchzenden Frau.

Wenig später erschien der Rechtsmediziner Kris Meier. Er war jung und ehrgeizig, und manchmal ließ er es am nötigen Taktgefühl fehlen.

»Hallo, Kommissar, so trifft man sich wieder«, grüßte er salopp.

»'n Abend, Meier«, antwortete Becker kurz.

Meier ging in die Hocke, besah sich die tote Frau, beäugte das Geschirr und blickte dann zu Becker. »Wahrscheinlich eine Leberzirrhose, zu viel fettes Essen und Alkohol. Das geht nicht ewig gut.« Meier schob sich eine Locke aus der Stirn.

Die Schwester am Ecktisch heulte laut auf.

»Mann, Meier. Sie lernen's wohl nie«, fauchte ihn Becker an.

»Entschuldigung«, raunte der Rechtsmediziner in Richtung der Hinterbliebenen und fragte etwas leiser: »Sehen Sie das, Herr Kommissar?« Er deutete auf das Schnapsglas.

»Von einem Schnaps und dieser Torte stirbt man nicht. Warten wir Ihre Obduktion ab«, konterte Becker.

Er ließ die Spurensicherer ihre Arbeit ausführen und anschließend den Leichnam mitsamt dem Tortenrest und den Stücken, die noch in der Kühltheke standen, in die Rechtsmedizin überführen.

Becker sah sich den Inhalt der Handtasche an. Schlüsselbund, Papiertaschentücher, Geldbörse, Taschenkalender, je tiefer er kramte, desto uninteressanter wurde es. Er nahm den Geldbeutel, klappte ihn auf. Ein Personalausweis, der auf den

Namen Margot Hermann geb. Ritter ausgestellt war. Ein paar Scheine, Kreditkarten, ein altes Hochzeitsbild. Becker zog es heraus und las auf der Rückseite die Jahreszahl 1969. Prüfend blickte er sich um und ließ es in seiner Tasche verschwinden, den Rest gab er der Spusi mit.

Er trat an den Tisch, an dem die Schwester der Toten zitternd an ihrem Wasserglas nippte.

»Entschuldigung, ich bin Kriminalhauptkommissar Karsten Becker, wie ist Ihr Name?«

»Annemarie Ritter.«

»Kann ich Ihnen ein paar Fragen stellen?«

»Ja, das muss wohl sein.« Sichtlich rang sie um Fassung. »Sie ist einfach vom Stuhl gerutscht.«

»Klagte Ihre Schwester über Unwohlsein?«

»Margot war krank, aber heute ging es ihr besser. Sie ist zum ersten Mal wieder aus dem Haus gegangen. Sie wollte in unser Stamm-Café, einen Kuchen essen. Ihr wurde etwas übel, weshalb sie sich ein Kirschwasser bestellte. Vielleicht ahnte sie ihr Ende? Ach, es ist alles so schrecklich seit ihr Mann starb.«

Becker horchte auf. *Noch ein Toter?* »Erzählen Sie mir davon.«

»Es war vor zwei Wochen, als Margot mich morgens anrief und sagte, Werner hätte so seltsam geröchelt, sich ans Herz gefasst, Augen und Mund weit aufgerissen und dann keinen Ton mehr von sich gegeben. Der Notarzt versuchte leider erfolglos eine Reanimation. Mich erfüllte in diesem Moment eine furchtbare Leere, wie noch nie in meinem Leben.«

»Und Ihre Schwester? Wie reagierte sie?«

»Mechanisch. Sachlich. Sie informierte den Bestatter, leitete alles Notwendige in die Wege. Ich hatte den Eindruck, Werners Tod erschütterte mich mehr als sie. Wie geht denn jetzt alles weiter?«

»Die Obduktion wird uns Klarheit verschaffen. Hinterlässt Ihre Schwester Kinder?«

»Ja, meine Nichte Manuela. Ich benachrichtige sie nachher, und Ihnen schreibe ich die Adresse auf. Sie wird jetzt eine gute Partie sein, wie man so schön sagt.«

Fragend hob Becker eine Augenbraue, und Annemarie Ritter fuhr erklärend fort:

»Margot besaß mit ihrem Mann eine Apotheke, in der auch Manuela arbeitet. Sie kann das Geschäft übernehmen und wird Besitzerin einer Villa in der vornehmeren Gegend von Pforzheim sein. Nun kann sie sich auch mal etwas leisten, ein Leben lang wurde sie von ihrer Mutter kurzgehalten.«

»Danke, das hilft mir weiter. Ich lasse Sie von einem Kollegen nach Hause bringen. Versuchen Sie, sich zu beruhigen.«

»Ja, danke.«

Dann notierte er die Personalien der restlichen Anwesenden in sein Notizbuch und begab sich auf den Heimweg, jedoch nicht, ohne sich an der Theke noch etwas mitzunehmen. Diesmal allerdings kein Stück *Tod durch Schokolade*, ihm war nach etwas Herzhaftem.

Frau Merkle saß kerzengerade an einem Tisch vor dem Café, trommelte ein Staccato auf dessen Platte und sprang bei Beckers Erscheinen auf.

Der Zahn der Zeit hat ganze Arbeit in ihrem Gesicht geleistet, meldete sich Beckers Humordepot in seinem Hinterkopf. Mit gut dosierter Ironie in der Stimme sprach er sie an: »Das ist aber schön, dass Sie auf mich gewartet haben.«

»Aber sicher doch. Eins sag ich Ihnen, behalten Sie diese Annemarie ja im Auge. Familie kann man nicht trauen. Und außerdem wollte ich noch Ihre Personalien haben.«

»Sie wollen *meine* Personalien?«

»Natürlich, ich muss doch wissen, wo ich Sie erreichen kann, wenn mir noch etwas Wichtiges einfällt.«

Becker, überrollt von diesem weiblichen Feldwebel, überreichte ihr seine Karte, im Gegenzug durfte er ihre Daten aufschreiben.

Das Duschwasser prasselte Becker erfrischend über den Rücken und spülte den Schweiß von seiner Haut. In Boxershorts und mit einem frisch gebrühten Kaffee setzte er sich an den Esstisch und genoss die mitgebrachte Quiche. Er war Kriminaler mit Leib und Seele, sein Berufsinteresse ging stets über den Feierabend hinaus, weshalb es auch nicht lange dauerte, bis er sein Notizbuch heranzog und seine Eintragungen durchlas. Eine Lösung, falls es sich denn um einen unnatürlichen Tod handelte, schien in weiter Ferne. Nach mehrmaligem Vor- und Zurückblättern musste er sich eingestehen, dass er noch viel zu wenig Informationen besaß. Um sich abzulenken, schlug er den neuerworbenen Kriminalroman auf. Wie erwartet, fand er einige Stellen, die zu seiner Belustigung beitrugen. Als er jedoch sicher war, die Handlung zu durchschauen und das Ende zu erahnen, legte er das Buch beiseite und ging ins Bett.

Am frühen Morgen im Büro erwarteten ihn drei gute Nachrichten. Frau Stoll, diesmal pünktlich und vor ihm anwesend, winkte mit einer vollen Kaffeekanne und begrüßte ihn überschwänglich.

»Guten Morgen, lieber Herr Hauptkommissar Becker, der Obduktionsbericht liegt bereits auf Ihrem Schreibtisch.«

»Danke.«

Noch im Stehen schlug er die Mappe auf. Frau Stoll stellte ihm eine Tasse Kaffee hin.

Kris Meier konnte man nicht vorwerfen, kurze

Berichte zu verfassen. Im Text wimmelte es von Fremdwörtern, *toxisch* war noch das harmloseste. Er schrieb von Amanitin, das vom *Amanita phalloides* stammte, über pLD-Werte bis hin zur Leberzirrhose, was jetzt wieder ein Begriff war, mit dem Becker etwas anfangen konnte. Auf der letzten Seite fand er, was ihn eigentlich interessierte: »Der Tod wurde durch Vergiftung herbeigeführt. Die Laboruntersuchungen weisen auf grünen Knollenblätterpilz hin. 0,1 mg seines Giftes pro Kilogramm Körpergewicht sind bereits tödlich, was im Fall der untersuchten Leiche 7 mg entspricht, wozu ein einzelner verzehrter Pilz ausreicht. Von der Aufnahme der tödlichen Substanz bis zum Tod vergehen meist circa sieben Tage.«

Mensch, Meier, geht doch. Vielleicht würde er den jungen Gerichtsmediziner dafür sogar persönlich loben. Ja, das sollte er wirklich tun, und bevor er es sich anders überlegen konnte, machte er sich auf den Weg in die Rechtsmedizin nach Heidelberg.

Er fand Meier in eine Akte vertieft, in der Hand eine Gabel und einen Teller neben sich, auf dem Becker gerade noch die letzten Reste der beschlagnahmten Torte erkennen konnte.

»Vernichten Sie da etwa Beweismaterial?«, fragte er.

»Äh – also«, stotterte Meier. »Eigentlich nicht. Die Torte ist absolut unbedenklich, in einem fantastisch frischen Zustand und, bei aller Bürokratie, für die Asservatenkammer viel zu schade.«

Becker grinste. »Aber teilen wäre schön gewesen.«

»Beim nächsten Mal, ich verspreche es.«

»Ich hab doch gewusst, dass die beiden Inhaber vom *Café Tante Käthe* nichts mit der Sache zu tun haben«, triumphierte Becker und unterließ es, das zu sagen, weshalb er hergekommen war.

Er schnappte sich seine Jacke und fuhr zurück nach Pforzheim, direkt zu der Apotheke, deren Adresse er von Frau Ritter erfahren hatte. Nach Vorzeigen seines Ausweises führte ihn eine Angestellte ins Hinterzimmer, wo Manuela Hermann an einem Schreibtisch saß.

»Guten Tag. Ich bin Kriminalhauptkommissar Becker, Abteilung Tötungsdelikte, und hätte ein paar Fragen an Sie.«

»Wie bitte?«, schrak sie auf. »Hat sie etwas genommen? Das kann ich nicht glauben. Ist das nicht schrecklich? Erst stirbt Vater und nun auch noch meine Mutter. Allerdings, es kam mir vor, als ob sie den Lebenswillen nach Papas Tod verloren hätte.«

»Verstehen Sie mich nicht falsch, ich muss das fragen: Sie sind Alleinerbin?«

»Ja. Bin ich dadurch verdächtig?«

Mit großen Augen warf sie die Hände in die Höhe.

»Betrachten Sie es als Routine. Kennen Sie sich mit Pilzen aus?«

»Nein, das Thema hat mich nie interessiert, es war das Hobby meiner Mutter und ihrer Schwester.«

»Hatten Sie ein gutes Verhältnis?«

»Was heißt das schon? Meinungsverschiedenheiten gibt es in jeder Familie, deshalb tötet man nicht.«

Becker wusste, dass seine Erfahrungen etwas anderes aussagten. »Wie standen Sie bisher finanziell?«

Manuela Hermann überlegte kurz. »Ich hatte alles, was ich brauchte. Klar, es hätte mehr sein können.« Sie stöhnte. »Was sollen diese ganzen Fragen? Wurde meine Mutter umgebracht?«

»Ein interessanter Gedanke, wie kommen Sie darauf?«

»Na ja, in Filmen geht es oft darum, wer vom Tod einer Person profitiert. Außerdem wären Sie sonst nicht hier.«

»Stimmt.«

Becker glaubte nicht, dass die junge Frau ihre Mutter ermordet hatte. Er musste andere Spuren finden und verfolgen.

»Danke für Ihre Zeit. Ich melde mich wieder.«

»Auf Wiedersehen.« Die Tochter der Verstorbenen begleitete ihn zur Tür.

Becker fuhr weiter zu Annemarie Ritter.

Sie öffnete beim ersten Läuten und trug noch dasselbe Kleid wie gestern.

»Guten Morgen, Kommissar. Ich konnte die ganze Nacht kein Auge zu tun. Kommen Sie doch herein. Möchten Sie eine Tasse Kaffee?«

»Gerne, vielen Dank!« Das würde ihm Zeit verschaffen, sich ein wenig umzusehen.

Frau Ritter ging in die Küche und bat Becker, im Wohnzimmer Platz zu nehmen. Er betrachtete eine wahre Bilderflut, in der ein Herr durch sein häufiges Erscheinen auffiel. Auf einem Foto trug er einen schwarzen Anzug und hatte ein seltsames Stück Stoff auf der Schulter.

»So, hier ist der Kaffee, handgebrüht. Ich mach ihn immer noch wie früher, so schmeckt er am besten. Setzen Sie sich doch.«

Annemarie Ritter stellte ein Tablett auf den Tisch, schenkte ein und nahm Platz. Jetzt musste auch Becker seine Besichtigungstour beenden.

»Um es kurz zu machen, Ihre Schwester ist keines natürlichen Todes gestorben, sondern an einer Vergiftung.«

»Wirklich? Das habe ich befürchtet.«

»Wie bitte? Sind Sie denn gar nicht überrascht?«

»Nein. Eigentlich nicht. Sie meinte immer, sie könne nicht alleine leben und hätte für den Ernstfall das passende Mittel. Hat sie Zyankali genommen?«

Becker war verblüfft. »Nein, ihr ist wohl ein Pilzgericht zum Verhängnis geworden.«

»Das ist unmöglich. Von klein auf sind wir zusammen in die Pilze gegangen und kennen uns beide gut aus.«

»Der Krug geht so lange zum Brunnen, bis er bricht. Diesmal war ein Knollenblätterpilz dabei, der sieht einem Champignon zum Verwechseln ähnlich.«

»Mein Gott, den muss sie sich untergemischt haben.« Sie wischte sich eine imaginäre Träne aus dem Augenwinkel. »Wir waren vor einer Woche, am Dienstagmorgen, Pilze sammeln. Nach den vielen Gewitterregengüssen sind sie geradezu aus dem Boden geschossen.«

»Wo war das?«

»Auf der anderen Seite der Kanzlerstraße, nordöstlich vom Stadtteil Mäurach. Aber näher verrate ich meine Pilzplätze nicht. Am Abend haben wir hier zusammen gegessen.«

»Moment. Sie haben dasselbe Gericht zu sich genommen?«

»Also, nicht ganz. Wir haben in zwei Töpfen gekocht. Sie mit Kreuzkümmel und frischem Koriander. Ersteres vertrage ich nicht und das Zweite hasse ich.«

»Aber Ihre Schwester war Apothekerin. Sie hätte andere Möglichkeiten gehabt.«

»Selbstmörder haben oft Gründe, die andere

nicht nachvollziehen können. Vielleicht hatte sie Schuldgefühle und wollte leiden.«

»Weshalb?«

»Weil ihr Mann starb und sie lebte.«

Hauptkommissar Becker leerte seine Tasse, stand auf und verabschiedete sich. »Ich werde mich sicher nochmals bei Ihnen melden.«

»Tun Sie das.«

Er ging nicht direkt zu seinem Wagen, sondern hinters Haus, wo er die Mülltonnen vermutete. *Treffer.* In der Biotonne, bedeckt von etwas Grünzeug, fand er nach kurzem Wühlen mit einem Kugelschreiber die Pilzreste. Er verschloss die Tonne mit einem amtlichen Siegel und rief die Spurensicherung.

Wieder im Präsidium, traf er auf Frau Merkle.

»Na endlich, Kommissar, ich hab schließlich nicht den ganzen Tag Zeit. Haben Sie schon herausgefunden, dass Annemarie am Dienstag im Wald unterwegs war?«

»Ja, sie war mit ihrer Schwester am Morgen Pilze sammeln.«

»Pah«, stieß Frau Merkle aus, begleitet von einer wegwerfenden Handbewegung.

»Schwester, Morgen«, wiederholte sie geringschätzig. »Allein und Nachmittag trifft's eher. Ich hab sie gesehen. Ich hoffe, ich hab Ihnen jetzt genug auf die Sprünge geholfen. Schönen Tag noch.« Sie rauschte davon.

Unterdessen war Kris Meier zur Hochform aufgelaufen. In kurzer Zeit hatte er die Pilze auseinandersortiert und einen Anschnitt des tödlichen *Amanita phalloides* gefunden.

Nur wenig später lag sein Bericht auf Beckers Schreibtisch. Er nahm ihn mit in die verspätete Mittagspause, die er bei seinem Stammitaliener verbrachte, bevor er nach Hause fuhr.

Die spätsommerliche Hitze war entsetzlich, er stellte sich unter eine kühlende Dusche. Dadurch wurden die Synapsen in seinem Hirn angekurbelt, und endlich schlug der ersehnte Geistesblitz ein. Mit einem um die Hüften geschlungenen Handtuch ging er zum Schreibtisch, worauf das Hochzeitsbild lag.

Schlagartig wurde ihm bewusst, wo er es schon einmal gesehen hatte. Bei Annemarie Ritter. Es war das Bild mit dem Herrn, auf dessen Schulter ein undefinierbares Stück Stoff lag. Es war ein Teil des Brautschleiers. Ein Hochzeitsbild, von dem die Braut abgeschnitten worden war.

Zügig zog Becker ein Hemd an, stieg erst in die Hose, dann in die Mokassins und schließlich in sein Auto. Über die Freisprechanlage orderte er zwei uniformierte Kollegen zum Haus von Annemarie Ritter, die kurz nach ihm eintrafen.

»Frau Ritter, Sie stehen unter dringendem Tatverdacht, Ihre Schwester Margot Hermann vergiftet zu haben«, kam er gleich zur Sache. »Ich muss Sie bitten, uns zu begleiten.«

»Ja, Sie sind ja ein ganz Schneller.« Sie griff nach ihrer Tasche, die neben der Wohnungstür auf einer Kommode stand.

»Ich mach zu«, meinte Becker, was er jedoch nicht sofort tat. Er schlüpfte vorher noch in die Wohnung, um das Bild zu holen, mit dem er Frau Ritter konfrontieren wollte.

Kurze Zeit später saßen sie sich im Verhörzimmer gegenüber. Wieder standen zwei Kaffee auf dem Tisch, diesmal nicht so gut, dafür im Pappbecher. Am Nebentisch saß ein Beamter, der das Aufnahmegerät bediente.

»Frau Ritter, in Ihrem Abfall fanden wir Reste von grünem Knollenblätterpilz, dessen Gift zum Tod Ihrer Schwester geführt hatte. Ein Versehen schließe ich genauso aus wie Suizid, denn als Apothekerin hatte sie Zugang zu schmerzfreien Substanzen gehabt.«

Annemarie Ritter atmete schwer, sagte jedoch nichts.

»Ein Geständnis könnte sich positiv auf das Urteil auswirken«, erklärte ihr Becker. »Sagen Sie mir, was auf Ihrer Seele lastet.« Er legte das brautlose Hochzeitsbild auf den Tisch, schob es extrem langsam zu ihr hinüber.

Annemarie Ritter sackte leicht nach vorn, schloss die Augen und schlug mit der flachen

Hand auf die Tischplatte, sodass ihr Kaffeebecher tanzte. Dann schnalzte sie auf, setzte sich steif und aufrecht hin.

»Ein Jahr mehr oder weniger, ich glaub, das macht keinen großen Unterschied in meinem Alter. Schließlich bin ich zweiundsiebzig, da ist ›lebenslänglich‹ wörtlich zu nehmen. Wissen Sie, es ist mir egal, was aus mir wird. Mein Lebenszweck ist nicht mehr da.« Sie verstummte.

Becker wusste, dass es am besten war, Täter, die zu reden begonnen hatten, nicht zu unterbrechen, sondern ihnen einfach die Zeit zu geben, die sie brauchten.

»Ich entdeckte den Giftpilz, als ich mit Margot im Wald war. Ich fragte mich, was wäre, wenn …? Und so ging ich später nochmals hin und holte ihn. Es war kein Problem, ihn in den Topf meiner Schwester zu schneiden, als sie mal kurz die Küche verließ. Eine leichte Erkältung hatte sich glücklicherweise auch noch auf ihre Geschmacksnerven gelegt, was mir einen Grund für das kräftige Würzen lieferte. Abgesehen von Kreuzkümmel und Koriander sparte ich nicht mit Majoran und Piment. Sie merkte nichts.«

»Aber, warum? Was hat Ihre Schwester Ihnen angetan?«

»Männer«, fauchte Annemarie Ritter.

Becker warf ihr einen verständnislosen Blick zu.

»Genauer gesagt, *ein* Mann, man soll ja nicht alle über einen Kamm scheren. Aber für mich gab es nur den einen. Werner war mein Seelenverwandter, wir hatten uns bei einer Tanzveranstaltung kennengelernt, sprachen schon über eine gemeinsame Zukunft.«

»Was kam dazwischen?«

»Nicht was, sondern wer. Haben Sie eine Schwester?«

»Nein«, antwortete Becker.

»Seien Sie froh«, zischte Annemarie Ritter. »Margot«, spie sie geradezu aus, »sah meinen Werner und wickelte ihn um den kleinen Finger. O ja, das konnte sie gut, mit ihrem Charme und der guten Figur. Ich hatte immer das Gefühl, dass sie ihn gar nicht so sehr liebte, sie wollte ihn einfach haben, weil ich mit ihm zusammen war. Sie war schon als kleines Kind ein Biest. Sie spielte ihm etwas vor, aber ich, ich durchschaute sie. Solange er lebte und glücklich war, wollte ich nichts sagen. Doch jetzt, nach seinem Tod …« Sie brach ab.

Becker stand auf und winkte dem Beamten.

»Abführen.«

Auch an diesem Abend besuchte er seinen Freund Mario in der Buchhandlung.

»Na, hattest du einen erfolgreichen Tag?«, begrüßte dieser ihn.

»Ja, kann nicht klagen. Die Statistiken wurden wieder einmal bestätigt. Die meisten Morde geschehen im familiären Umfeld, und Frauen benutzen gerne Gift. Jetzt noch ein neues Buch, und der Abend kann kommen.«

»Kein Problem, ich hab da was für dich, heute frisch eingetroffen.« Mario Meißner überreichte Becker ein Buch seines Lieblingsautors.

»Ah, darauf hab ich schon gewartet. Du weißt, was mir gefällt«

»Ja, es lohnt sich, Stammkunde zu sein. Viel Spaß damit.«

»Danke.«

Becker bezahlte und fuhr nach Hause.

Wenige Tage später, bei seinem nächsten Besuch im *Café Tante Käthe,* lehnten Ralf und Arno hinter der Theke, der Raum war fast leer.

»Hi, ihr zwei, wie ihr ja schon wisst, ist eure Torte rehabilitiert. Sie war perfekt wie immer. Der Tod war kein natürlicher, ist aber geklärt und steht morgen in der *Pforzheimer Zeitung.* Dann ist eure Bude bestimmt wieder rappelvoll.«

Ralf strahlte. »Frau Hermann hatte schon oft zwei bis drei Stück Kuchen gegessen, aber daran ist wohl noch niemand gestorben. Wir haben uns allerdings schon überlegt, ob wir die Torte aus dem Sortiment nehmen oder ihr einen neuen Namen geben müssen.«

»Nein, auf keinen Fall! *Tod durch Schokolade* wird ab morgen ein Begriff in Pforzheim und Umgebung sein und euch berühmt machen. Das Opfer starb ja glücklicherweise nicht durch die Torte, aber sie war gewissermaßen die Henkersmahlzeit. Die Leute werden sie kennenlernen wollen. Apropos, habt ihr sie da?«

»Nein, heute nicht. Ich gebe dir was anderes mit.«

Der Fall war gelöst. Ein ruhiger Abend erwartete Becker.

Er schaltete sein Handy aus.

TOBIAS HARTMANN

Die Tote in der Enz

Pforzheim, 2. März 2018, 1:30 Uhr, Auerbrücke.
Schon von Weitem konnte Hauptkommissar
Hesse das Großaufgebot aus Feuerwehr, Kran-
kenwagen und Polizei sehen, deren asynchrone
Blaulichter die Nacht über der Auerbrücke auf-
hellten. Eine undankbare Zeit, dachte er bei sich,
als er die letzten Meter entlang der Enz, am
Parkhotel vorbei, auf das Geschehen zuschlen-
derte. Aber ein Polizist war eben immer im Einsatz.

Noch bevor er bei den Einsatzkräften ankam,
begrüßte ihn auch schon seine fünfzehn Jahre
jüngere und mindestens einen Kopf kleinere
Partnerin. Sie war erst seit Kurzem in seiner Abteilung und noch waren sie nicht richtig warm
miteinander geworden.

»Ah, der Herr Hauptkommissar. Sie …, äh …«
Sie stockte und musterte ihn von oben bis unten.

»Sie sehen ja furchtbar aus«, fuhr sie fort. »Eigentlich genauso verlottert wie am Feierabend.
Sie hätten ja wenigstens mal Ihre Krawatte
strammziehen können.«

»Freut mich auch, Sie wiederzusehen, Franke.
Leider muss ich Sie darüber in Kenntnis setzen,

dass ich Beschwerden bezüglich meiner Kleidung erst wieder ab neun Uhr morgens entgegennehme. Oder sagen wir besser, ab Viertel nach nie!«

»Na, wenigstens sind Sie ja jetzt endlich da, Hesse.«

»Was soll denn das bitte heißen?«

»Also ich bin schon seit einer halben Stunde hier«, hielt seine pferdeschwanzbewehrte Partnerin fest. »Ich dachte immer, Sie würden hier ganz in der Nähe wohnen.«

»Franke?«

»Ja, Hesse?«

»Ist uns die Tote etwa bereits davongelaufen?«

»Nein, das nicht, aber in der Dienstvorschrift steht doch, dass …«

»Ich warne Sie, Franke! Wenn Sie mir noch einmal nachts um halb zwei mit der Dienstvorschrift kommen, dann werden Sie Ihr blaues Wunder erleben!«

»Entschuldigen Sie, dass wenigstens einer hier die Vorschriften noch ernst nimmt.«

»Schnauze!«, brummte er und nahm einen Schluck aus seinem Kaffeebecher.

»Wo haben Sie eigentlich um diese Uhrzeit einen Kaffee her?«

Theatralisch langsam hob er den Becher und betrachtete die Aufschrift McCafé, die sich mehrfach über dessen Außenseite zog.

»Also ehrlich, Franke. So wird aus Ihnen nie ein richtiger Ermittler werden«, sagte er kopfschüttelnd.

»Sie wissen schon, dass diese Pappbecher nicht gut für die Umwelt sind?«, meinte sie in belehrendem Tonfall.

Genau in dem Moment setzte sich der Kranwagen der Feuerwehr in Bewegung und zog einen triefnassen, zusammengerollten Teppich in die Höhe, aus dem ein heller Haarschopf hervorlugte.

»Ich glaube, der Teppich hier stellt das weitaus größere Problem für unsere Umwelt dar«, entgegnete Hesse trocken. »Von wild lebenden Teppichen im natürlichen Biotop unserer schönen Enz habe ich nämlich noch nie etwas gehört.«

»Ist das wirklich alles, was Sie an Engagement aufbringen können?«

»Wegen des nicht artgerecht entsorgten Teppichs in der Enz?«

»Es geht nicht um den Teppich, sondern um die Tote, die darin eingewickelt wurde.«

»Die nicht artgerecht entsorgte Tote in der Enz?«

»Hesse!«

»Franke, ich versichere Ihnen: Gleich morgen werde ich Greenpeace kontaktieren und unseren Fall vorbringen. Gemeinsam werden wir diese

Verbrecher an Wald und Flur zur Rechenschaft ziehen, da gebe ich Ihnen mein Wort drauf!«

Noch während seine Kollegin die Hände vors Gesicht schlug, drehte er sich um und trottete langsam wieder davon.

»Hey! Wo wollen Sie denn hin? Wir haben hier noch zu tun«, rief sie ihm nach.

»Sie machen das schon, Franke«, brummte er ihr über die Schulter zu. »Ich habe da vollstes Vertrauen in Sie.«

»Ja, aber …«

»Vollstes Vertrauen, Franke. Vollstes Vertrauen.«

Heidelberg, 7. März 2018, 11:12 Uhr, Rechtsmedizin.

Hesse, Franke sowie der Gerichtsmediziner Doktor Günther Heißler standen bei kühlem Neonlicht um eine ebenso kühle Metallbahre, auf der unter einem dünnen Tuch der Leichnam des Opfers aufgebahrt lag.

»So, Doc, was können Sie uns über Oma Erna erzählen?«, begann Hesse.

»Oma Erna? Wer ist denn Oma Erna?«, zeigte sich Doktor Heißler, ein etwas zu kurz geratener, dickbebrillter Mittfünfziger irritiert.

»Na, sicherlich nicht die aktuelle Nummer Eins der Charts. Die Tote, Doc, wer denn sonst?«

»Aber die Tote heißt doch Elizabeth Markow.«

»Hesse hat die Tote ›Oma Erna‹ getauft«, versuchte Franke zu vermitteln.

»Ein Arbeitstitel«, erklärte Hesse knapp. »Ist eingängiger.«

»Ah, verstehe. So wie Sie mich andauernd ›Doc‹ nennen, obwohl ich Ihnen immer wieder sage, dass …«

»Ich kann Sie natürlich auch ›Leichen-Günni‹ nennen, wenn Ihnen das besser gefällt.«

»Leichen-Günni? Das ist ja noch schlimmer. Warum nennen Sie mich nicht einfach …?«

»Jetzt hören Sie auf, unsere Zeit zu vergeuden, Doc. Sagen Sie uns lieber etwas über die Tote.«

»Die Tote, gut. Ich habe das gesamte Standardprozedere an Untersuchungen vorgenommen. Viel gibt es aber nicht, was ich Ihnen sagen könnte. Fest steht, dass sie nicht vergewaltigt wurde.«

»Na, was für eine Überraschung. Und weiter?«

»Einen freiwilligen Geschlechtsakt können wir auch ausschließen.«

»Ja, ist ja schön. Und was noch?«

»Schwanger war sie auch nicht.«

»Doc, Oma Erna war eine einundachtzigjährige Rentnerin und keine achtzehnjährige Bordsteinschwalbe. Sagen Sie mir etwas, das ich noch nicht weiß.«

»Etwas, das Sie noch nicht wissen, Hesse? Na

gut. Die Erde ist rund und dreht sich um die Sonne, nicht umgekehrt.«

»Haha, sehr witzig! Sie sollen mir etwas über die Todesursache sagen, Sie Komiker.«

»Sprache ist ein scharfes Schwert, Hesse. Merken Sie sich das. Aber gut, die Todesursache: Entgegen dem, was Sie vielleicht bislang vermutet haben, ist Elizabeth Markow nicht ertrunken.«

»Sondern?«

»Sie wurde erwürgt, bevor sie samt Teppich als Wrap in der Enz versenkt wurde.«

»Und wie sind Sie zu dieser Überzeugung gelangt?«

»Durch die Würgemale, die hier überall deutlich auf ihrem Hals zu sehen sind«, erklärte Doktor Heißler und deutete mit einem Finger auf die sich in aller Deutlichkeit abzeichnenden bläulichen Male.

»Ohne Ihr Studium wären Sie hier echt aufgeschmissen, was?«

»Genauso wie Sie ohne Ihren Dienstausweis, Hesse.«

»Geht es hier eigentlich noch um den Fall?«, meldete sich Franke verwirrt zu Wort.

»Toll, jetzt haben Sie meine junge Kollegin mit Ihrem Mediziner-Kauderwelsch völlig durcheinandergebracht.«

»Ich habe was?«

»Na, eigentlich irritiert mich mehr, dass …«,

setzte Franke an, doch Hesse ließ sie ihren Satz nicht zu Ende führen.

»… dass wir an und für sich noch keinen Schritt weiter sind. Da stimme ich Ihnen zu, Franke. Denn die Tatsache, dass die Tote erwürgt wurde, bringt uns dem Täter noch nicht wirklich näher.«

»Ich habe da aber noch etwas für Sie, Hesse.«

»Schießen Sie schon los, Doc.«

»Die Tote hat eine Tätowierung.«

Doktor Heißler drehte den Leichnam auf den Bauch.

»Sehen Sie hier?«, fragte er und deutete auf den kleinen Tiger, der auf dem linken Schulterblatt zu sehen war. »Wenn Sie mich fragen, ist dieses künstlerische Meisterwerk noch keine fünf Jahre alt.«

»Denken Sie, was ich auch denke?«, fragte Franke an Hesse gerichtet. »Haben wir diesen Tiger nicht schon einmal gesehen?«

»Oh ja, Franke, das haben wir. Und demjenigen werden wir nun näher auf den Pelz rücken, als es ihm lieb sein wird.«

Pforzheim, 10. März 2018, 14:35 Uhr, Polizeidirektion.
Franke und der Verdächtige saßen sich an einem Tischchen im kleinen, kahlen Verhörraum gegenüber. Sie führte die Befragung bereits eine

halbe Stunde, allerdings ohne nennenswerte Ergebnisse.

Hesse betrat den Raum in dem Augenblick, als Franke gerade die Geduld zu verlieren drohte.

»Jetzt gestehen Sie endlich!«, wurde sie laut, fuhr in die Höhe und schlug mit beiden Fäusten auf den Tisch.

»So, jetzt isses aber gut, Franke«, ging Hesse dazwischen, bevor seine Kollegin aufgrund der sturen Schweigsamkeit ihres Gegenübers noch vollends aus der Haut fahren konnte. »Sie holen sich jetzt erst mal einen Kaffee und lassen mich hier weitermachen. Und bringen Sie unserem werten Gast bitte auch eine Tasse mit. Sie trinken doch Kaffee, oder?«

»Ja«, sagte der Verdächtige knapp.

»Na dann, Franke, Sie haben ja gehört. Und lassen Sie sich von einem der Kollegen bitte zeigen, wo die Tassen für unsere Gäste stehen.«

»Aber ich kann doch einfach …«

»Franke, nicht denken, machen!«

Sie zog ab, und Hesse nahm ihren Platz am Tisch ein.

Zunächst schwieg er jedoch und blätterte eine geschlagene Minute in einer der drei Aktenmappen, die seine Kollegin bereits herbeigebracht hatte.

»Können wir endlich anfangen?«, fragte der Verdächtige leicht genervt.

»Haben Sie es eilig? Na schön, fangen wir an, Herr Yilmaz, richtig? Und der Vorname ist …«

»Justin.«

»Justin?«

Hesse konnte sich ein Schmunzeln mit Blick auf sein Gegenüber nicht verkneifen, das er sich deutlich besser in einer anatolischen Metropole denn in einem abendländischen Musikvideo vorstellen konnte.

»Ja, Justin. Ich heiße Justin Yilmaz. Was ist daran so komisch?«

»Na ja, also ›Justin‹ allein ist schon so ein Vorname für sich. Aber dann auch noch in Kombination mit dem Nachnamen.«

»Kommen Sie mir bloß nicht mit Rassismus, sonst werde ich mich über Sie beschweren. Ich werde Ihre Dienst… – Dienstaufsss…«

»Meinen Sie ›Dienstaufsicht‹?«

»Ja genau, Dienstaufsicht! Ich werde Ihre Dienstaufsicht anrufen und dann werden Sie …«

»Ich sage Ihnen jetzt mal was«, wischte Hesse die vor ihm liegenden Akten schroff beiseite, sodass diese in hohem Bogen zu Boden geschleudert wurden. »Ich gebe einen Dreck darauf, wen Sie anrufen und wen nicht. Dienstaufsicht, Revision, Bürgermeister – die haben meine Nummer eh schon alle auf Kurzwahl! Sie sollten sich lieber um Ihre eigene Haut Sorgen machen. In Ihrer Wohnung haben wir Rauschgift und

Geld in beträchtlichen Mengen sichergestellt. Außerdem sind Sie vor uns geflohen, als wir Sie zum Tod von Oma Erna befragen wollten.«

»Oma wer?«

»Lenken Sie nicht ab. Sie wissen genau, dass es um die Tote in der Enz geht. Sie sind mir schon damals aufgefallen, als die Leiche geborgen wurde, und Sie tragen sogar die gleiche Tätowierung am Oberarm wie die Tote. Ganz schlechte Voraussetzungen, um hier zu pokern, Justin, ganz schlechte Voraussetzungen.«

Franke kehrte wieder zurück und stellte dem Verdächtigen eine dampfende Tasse Kaffee vor die Nase.

Dann bezog sie Position neben der Tür.

»Trinken Sie ruhig, Justin«, redete Hesse weiter. »Wer weiß, wie lange Sie Ihren Kaffee noch als freier Mann genießen können.«

»Sie können mir gar nichts«, wog sich Justin in trügerischer Sicherheit. »Und Sie haben nichts gegen mich in der Hand. Sonst säße ich doch längst nicht mehr hier.«

Daraufhin nahm er einen Schluck aus dem Becher, und man konnte ihm ansehen, wie ihm das Gesicht entgleiste.

»Bäh, das ist ja widerlich!«, prustete er, verzog den Mund und kniff die Augen zu Schlitzen zusammen. »Was ist denn das?«

»Das ist Kaffee«, antwortete Hesse trocken.

»Kaffee? Das ist doch kein Kaffee. Das – das ist ...«

»Der Welten widerwärtigste Instant-Plörre, die es legal in deutschen Supermärkten zu kaufen gibt«, vollendete Hesse den Satz. »Ein spezieller Service unseres Hauses für unsere ganz besonderen Gäste.«

»Wollen Sie mich jetzt auch noch vergiften oder was?«

»Vergiften? Aber nicht doch. Wir sind die Polizei – dein Freund und Helfer. Sie wollten Kaffee, und da haben Sie ihn.«

»Ich habe Rechte!«

»Aber das Recht auf guten Kaffee gehört nicht dazu. Und seien Sie froh, dass Sie den Kaffee genommen haben. Sie wollen gar nicht wissen, wie unser ›Mineralwasser‹ schmeckt.«

Dann wandte er sich an seine Kollegin.

»Wissen Sie was, Franke? Von dieser ganzen Verhörerei bekomme ich so langsam Hunger. Legen wir eine kurze Pause ein und genehmigen uns einen kleinen Snack. Das kann hier ja noch eine Weile dauern.«

Er erhob sich, und Franke öffnete die Tür.

»Möchten Sie vielleicht auch etwas, Justin? Wie wäre es mit einem Sandwich? Ich könnte Ihnen wärmstens Schinken-Käse ans Herz legen.«

»Nein, bitte lassen Sie das. Das ist ja unmenschlich! Mir – mir reicht's. Ich werde reden.«

»Jetzt haben Sie meine volle Aufmerksamkeit, Justin«, erwiderte Hesse und setzte sich wieder.

»Ich sage Ihnen ja alles, was Sie wissen wollen. Aber bieten Sie mir bitte nichts mehr zu essen oder zu trinken an!«

Pforzheim, 14. März 2018, 15:48 Uhr, Orientteppichhaus Ali Baba.
In dem von unzähligen aufgestapelten sowie hängenden Teppichen gesäumten, etwas dunkel anmutenden Verkaufsraum stellten Hesse und Franke den schnauzbärtigen Besitzer Lothar Krawczyk und dessen Kompagnon, den stämmigen Kahlkopf Omar Amyra, zur Rede.

»Ich verstehe wirklich nicht, warum Sie mich schon wieder behelligen müssen«, schimpfte Krawczyk. »Ich habe Ihnen schon bei Ihrem ersten Besuch gesagt, dass ich mit dem Tod dieser Elizabeth was auch immer nichts zu tun habe. Nur weil der Teppich, in dem sie gefunden wurde, zufälligerweise aus meinem Laden stammt …«

»Oh, um einen Zufall handelt es sich hier nicht«, hielt Franke dagegen. »Und im Gegensatz zu unserer letzten Begegnung können wir das jetzt auch beweisen. Wir haben die Aussage eines Ihrer Handlanger als Augenzeugen. Dieser bezeugt, dass Ihre rechte Hand, Herr Omar Amyra, das Opfer erwürgte. Und Sie haben den Auftrag dazu gegeben.«

»Die Aussage eines Ganoven, der seine eigene Haut retten will.«

»In seiner Wohnung haben wir aber auch noch Rauschgift sichergestellt.«

»Dann haben Sie ja auch gleich die nötigen Beweise, um ihn einzubuchten.«

»Das war mehr Stoff, als dieser Kerl je selbst umsetzen könnte. Er hat die Ware gelagert, um sie in Ihrem Auftrag an mehrere Dutzend Dealer weiterzuverteilen. Sie stehen ja schon lange im Verdacht, über Ihre Connections in den Mittleren Osten Rauschgift ins Land zu schmuggeln, aber bislang konnte man Ihnen nichts nachweisen.«

»Weil es nichts nachzuweisen gibt. Ich bin ein unbescholtener Bürger.«

»Außerdem hat das Opfer die gleiche Tätowierung wie sie auch Ihr Handlanger und der Herr Amyra auf ihren Oberarmen tragen. Ich wette, dass wir diesen Tiger auch bei Ihnen finden werden, wenn wir Sie einer eingehenden Visitation unterziehen.«

»Und selbst wenn: Daraus können Sie mir keinen Strick drehen. Jeder kann sich ein derartiges Motiv stechen lassen. Sie können mir keine Verbindung zu dieser Toten nachweisen.«

»Doch, das können wir. Elizabeth Markow war Buchhalterin in einem mittlerweile geschlossenen Goldschmiedebetrieb hier in Pforzheim. Doch es scheint, dass ihr das Rentnerdasein zu langweilig wurde. Wir wissen, dass sie Ihnen geholfen hat, Ihre Rauschgift-Lieferungen zu koordinieren und das Geld aus dem Verkauf des Stoffs in Ihrem Laden wieder zu waschen. Offenbar war ihr aber durchaus bewusst, dass dies eine gefährliche Angelegenheit werden könnte. Sie hat eine Kopie ihres Kassenbuches an ihre Tochter geschickt, als Rückversicherung sozusagen. Wir haben das Buch, und mit diesem lassen sich Ihre Machenschaften lückenlos aufdecken. Genauso wie auch Ihr Motiv für den Mord. Elizabeth Markow konnte wohl den Hals nicht voll bekommen und hat Geld von Ihnen in die eigene Tasche abgezweigt. Sie sind dahintergekommen und haben sie umbringen lassen. Und dafür wandern Sie jetzt hinter Gitter, Herr Krawczyk, und das für eine ganz schön lange Zeit. Da können Sie schon mal vorneweg von mindestens …«

»Äh, Franke«, fuhr ihr Hesse in die Parade, der sich bislang geistesabwesend im Hintergrund gehalten hatte.

»Was ist denn, Hesse? Sie sehen doch, dass ich gerade dabei bin, die beiden dingfest zu machen.«

»Ja, schon, aber ich befürchte, dass sie es doch nicht gewesen sein können.«

»Was? Wie kommen Sie denn darauf? Wir haben doch Beweise, Zeugenaussagen, ein Motiv.«

»Aber ging Ihnen das alles nicht auch ein wenig zu schnell? Ich meine, wir haben gerade mal vierzehn Seiten gebraucht, um den Fall zu lösen. Das reicht doch nie und nimmer für einen ordentlichen Kriminalroman.«

»Hesse, das ist eine Kurzgeschichte!«

»Eine Kurzgeschichte? Ja dann, Franke, worauf warten Sie noch? Nehmen Sie die Männer fest!«

Der Streifenwagen fuhr mit den beiden Verhafteten weg, und Hesse und Franke blieben vor dem Orientteppichhaus zurück.

»Was ist los mit Ihnen, Franke? Seit der Verhaftung sind Sie so ruhig geworden. Sind Sie nicht auch froh, dass wir den Fall abschließen konnten? Unseren ersten gemeinsamen Fall wohlgemerkt. Unsere Premiere sozusagen.«

»Irgendwie schon, Hesse, aber … Ach, ich weiß nicht, wie ich es sagen soll.«

»Na, rücken Sie schon raus mit der Sprache.«

»Sie haben mich nachdenklich gestimmt. Sie haben ja recht mit dem, was Sie vorhin sagten. Kurzgeschichte hin oder her: Das Ganze war viel zu einfach. Und recht dünn im Mittelteil noch dazu. Stellenweise konnte man ja sogar den Eindruck gewinnen, dass der Fall nur noch Nebensache sei.«

»Sagte ich doch. Außerdem sind viele essentielle Aspekte gar nicht zur Sprache gekommen.«

»Welche denn?«

»Na, unser Kennenlernen ist komplett unter den Tisch gefallen. Was mit meinem Ex-Partner geschehen ist, hat auch niemanden interessiert, und welche Rolle ein verschwundenes Sandwich in diesem Fall gespielt hat, bleibt ebenfalls ein Geheimnis. Wir hätten die Geschichte sicherlich noch ein wenig lebhafter erzählen können, wenn wir nur …«

»Wenn wir nur was?«

»Wenn wir nur runde hundertfünfzig Seiten zur Verfügung gehabt hätten. Oder vielleicht auch hundertachtzig. Wer kann das schon so genau vorhersagen?«

Es folgten ein paar Sekunden des Schweigens.

»Hesse?«

»Ja, Franke?«

»Meinen Sie, das reicht?«

»Reichen? Wofür?«

»Um in Serie zu gehen. Ich meine, wir haben doch noch Potenzial. Oder glauben Sie, man braucht uns nicht mehr?«

»Oh, Franke, da sieht man, dass Sie noch neu sind«, sagte Hesse und setzte sich seine Sonnenbrille auf. »Wir werden immer gebraucht. Denn in Pforzheim lässt es sich gut sterben. Und wenn es nur die Träume und Visionen der Stadtverwaltung sind.«

ERNST MERZ

Schwarzes Gold

Das schnelle Geld, wie ist es zu bekommen?
Es steckt in List, Gewalt und Überfall.
Verlockend reiche Beute gibt es überall,
ein Goldtransport wird dafür ausgenommen.

Die Gangster sind in Uniform gekleidet,
mit Blaulicht sperren sie den Weg zum Ziel.
Es wird ein filmreif praktiziertes Spiel,
worum sie Hollywood ganz klar beneidet.

Geplant und durchgeführt von vier Banditen,
millionenschwerer Gold- und Silberraub.
Gefasste Schurken blieben stumm und taub,
im Wald fand man die Gaunerrequisiten.

Bis heute bleibt der Diebesschatz verschollen,
die Scheideanstalt gab ihr Warten auf.
Nach Jahren steht die Ware zum Verkauf,
ganz sicher schwarz und ohne zu verzollen.

CLAUDIA KONRAD

FETTE BEUTE

Einem Leichentuch ähnelnd waberten dicke Nebelschwaden durch Pforzheims Straßen. Über die Altstädter Brücke blickend, war die Ampelanlage vor dem HELIOS Klinikum nur schwerlich auszumachen. Langsam zuckelte ein VW-Käfer in die Kanzlerstraße, bog kurz darauf in die Robert-Bauer-Straße ein, um vor dem Haupttor zur Pforzheimer Edelmetall-Scheideanstalt PESA zu stoppen.

»Wellendorf-Renz, Kriminalpolizei, ich werde erwartet.«

Lautlos öffnete sich das schwere Tor. Nebel füllte auch hier den dachlosen Innenhof an diesem ungemütlichen Januarmorgen.

Die Kollegen der Spurensicherung kamen gerade aus dem Gebäude.

»Scho färdich?«, fragte Welle.

»Ha jo, aber Wert wartet no auf Se. Gehe Se do hanne nom ònd hinne links.«

Mit seinem Staffordshire Bullterrier im Schlepp machte er sich auf den Weg.

»Na, jetzt wird es aber Zeit, guten Morgen«, begrüßte ihn Rechtsmediziner Wert.

»Kuhlmann spricht mit den Geschäftsführern.

Wenn du schnell einen Blick auf die Toten werfen möchtest …«

Mit einem Ruck riss er die Plane weg. »Das hier ist Wachmann Günter Esser. Er hatte Nachtschicht. Zwei Schüsse. Einer ins Herz, der andere in den Nacken. Tatzeit etwa vor drei Stunden. Komm mit, der andere liegt vor der Tresortür.«

Wortlos wechselten sie die Etage.

»Das nenne ich mal Türen, heidenei«, pfiff Welle.

Am Ende der Sicherheitsschleuse lag vor der verschlossenen Tresorraumtür eine schwarz gekleidete männliche Person.

»Das wird wohl einer der Täter sein«, mutmaßte Wert. »Ein Schuss mitten in die Stirn. Etwa fünfunddreißig bis vierzig Jahre alt. Asiate, Papiere hat er keine.«

Er gab das Zeichen zum Abtransport.

Welle betrachtete beide Sicherheitstüren. Keine sichtbaren Spuren von gewaltsamer Öffnung, nur Pulverreste, die von den Kollegen der Spurensicherung stammten.

»Ah, da bist du ja. Darf ich bekanntmachen, Sonderermittler Hauptkommissar a. D. Wellendorf-Renz, Hans-Jörg Pichler, der Geschäftsführer, und sein Stellvertreter Ernst Guchle.«

Kriminalhauptkommissar Kuhlmann stellte die Herren einander vor.

»Der Tresorraum …«, begann Welle.

»War verschlossen. Die Herren wollen ihn jetzt öffnen«, vollendete Kuhlmann den Satz.

Unter genauer Beobachtung wurde die schwere Stahltür mittels Codekarten und Fingerabdruckscanner geöffnet. Sie war noch wuchtiger als ihr Gegenüber, hatte sieben statt vier Bolzen, eine typische Hartmann-Tür.

»Hier fehlt etwas«, rief Guchle.

Welle musterte ihn mit hochgezogener Augenbraue.

»Hier standen gestern Abend zwei Kisten mit Goldgranulat, und dort drüben lagen einhundert Ein-Kilo-Goldbarren«, sagte Guchle.

Pichler schaute sich um und ergänzte: »Der Aktenkoffer mit den Edelsteinen ist ebenfalls weg. Er stand hier unten im Regal.«

»Sie haben auch Edelsteine gelagert?«, fragte Kuhlmann.

»Vorübergehend. Von einem Kunden«, antwortete Guchle.

»Wie können Sie nach dieser flüchtigen Inaugenscheinnahme so detailliert wissen, was fehlt?«, hakte Welle nach.

»Die Ware hätte heute ausgeliefert werden sollen. Außerdem notieren wir alles, bevor es im Tresor eingelagert wird. Und ich, ich meine, wir beide«, dabei deutete er auf Pichler und sich, »wir haben gestern höchstpersönlich die Sendung vorbereitet und den Tresorraum verschlossen.«

»Wer macht das sonst?«

»Immer einer von uns zusammen mit dem Prokuristen, Herrn Bär«, antwortete Pichler.

»Wann erscheint Herr Bär heute zum Dienst?«

»Gar nicht, er hat sich vor drei Tagen krank gemeldet.«

»Würden Sie uns bitte eine vollständige Liste aller Mitarbeiter erstellen?«, bat Kuhlmann.

Die Delegation verließ den Tresorbereich.

»Sagen Sie«, begann Welle, »sind Ihre Arbeiter um diese Zeit schon alle da?«

Pichler blieb stehen, um auf seine Uhr zu blicken.

»Es ist erst fünf Uhr dreißig, nein. Nur einen Teil finden Sie in der Halle für Funktionswerkstoffe. Das Gebäude liegt auf der anderen Hofseite. Ich lasse Sie dorthin begleiten, wenn Sie wollen.«

Welle bejahte und verabschiedete sich zunächst.

»Wegen der Mitarbeiterdaten müssten Sie sich ab sieben Uhr dreißig an unsere Personalsachbearbeiterin wenden«, meinte Pichler an Kuhlmann gerichtet.

Sie betraten das Chefbüro.

»Natürlich muss auch unsere Firma Einsparungen vornehmen, die Umstrukturierungen mit sich bringen. Das betrifft einige Bereiche, in denen wir Stellen abbauen müssen.«

»Das heißt, Sie haben Kündigungen ausge-
sprochen? Für welche Abteilungen?«

»In erster Linie für das Wachpersonal, wir ersetzen sie durch ein Security-Unternehmen. Mitarbeiter aus dem Verwaltungsbereich wird es
auch treffen.«

»Gehörte Esser dazu?«

»Bezüglich der Wirtschaftlichkeit, ja, mensch-
lich gesehen, nein. Ich war mir noch unschlüssig.«

»Wäre es möglich, uns einen Besprechungs-
raum für einige Befragungen zu reservieren?«
Kuhlmann wandte sich zum Gehen. »Ach, zeigen
Sie mir bitte Ihre Zugangsausweise.«

»Wozu? Sie standen doch vorhin dabei, als
wir geöffnet haben«, raunte Guchle. Er war ge-
reizt, holte aber seine Karte hervor.

Kuhlmann betrachtete sie genauestens.

»Wenn einer von Ihnen krank wird, wie
kommen Sie dann an die anderen Codekarten
oder Fingerabdrücke?«

»Dafür gibt es Notfallkarten«, erklärte Pichler.
»Die Zugangsdaten werden gespeichert, sodass
jede Öffnung nachvollziehbar ist.«

»Können Sie mir das bitte zeigen?«

Pichler öffnete einen kleinen, in der Wand
eingelassenen Safe.

»Hier bitte. Die Ersatzkarten sind sicher auf-
bewahrt. Die dazugehörigen Zugangscodes liegen wiederum in einem anderen Safe.«

»Und wer ist berechtigt, die Karten aus dem Safe auszulösen?«

»Die Geschäftsleitung und Herr Bär.«

»Ich verstehe es immer noch nicht. Wie muss ich mir das vorstellen?«

»Kommen Sie.«

Pichler führte Kuhlmann an den PC, öffnete ein Sicherheitsprogramm und deutete auf den Bildschirm.

»Verstehen Sie jetzt?«

Kuhlmann erkannte eine Aufzeichnung sämtlicher Kartenentnahmen mit Personalnummern, Datum und Uhrzeit.

»Trotzdem klingt das sehr verwirrend. Rein theoretisch könnte man sich mit gewissen Kenntnissen eine Karte nachmachen.«

»Wie bitte? Was unterstellen Sie da, ich verbitte mir solch höhnische Bemerkungen«, wetterte Guchle.

»Oh, ich wollte Ihnen keinesfalls zu nahe treten.«

Welle bestaunte die Anlagen und Öfen. Seine durchaus vorhandene Faszination unterbrechend, wandte er sich der Ermittlungsarbeit zu und unterhielt sich mit diversen Mitarbeitern. Sie alle versicherten, nichts von dem Einbruch mitbekommen zu haben, der sich im Bürotrakt abgespielt hatte. Daraufhin ging er zum Haupttor.

Dass die Täter Informationen bezüglich sämtlicher Schichtpläne innerhalb der einzelnen Gebäude gehabt haben mussten, wurde ihm klar, nachdem er einen Einblick in das gesamte Sicherheitssystem im zentralen Überwachungsraum mit zahlreichen Monitoren bekommen hatte.

»Wie kann es sein, dass keinerlei Tor- oder Türbewegungen zwischen zweiundzwanzig Uhr und drei Uhr morgens zu sehen sind?«, fragte Welle.

Kuhlmann betrat gerade den Raum.

Der Wachhabende setzte abermals die Videodateien an ihren Anfang zurück, ließ sie in verzögerter Geschwindigkeit abspielen.

Nichts, keine Bewegung.

»Ich kann mir das auch nicht erklären. Die Zeiten laufen nahtlos durch. Hier, hier komme ich zum Dienst, sehen Sie, drei Uhr achtunddreißig, und die Pforte ist verwaist.«

»Ich werde unsere Techniker herbitten. Sorgen Sie dafür, dass inzwischen niemand hier hereinkommt«, bat Kuhlmann.

Während Kuhlmann im Polizeipräsidium erste Auswertungen erstellte, klingelte Welle den in Huchenfeld wohnenden Prokuristen aus dem Bett.

Udo Bär, der völlig überrascht wurde, konnte seine Zugangskarte vorzeigen. Unter heftigem Niesen und Husten beantwortete er geduldig die

Fragen. Er berichtete vom seltsamen Verschwinden industrieller Kupfer- und Silberbandrollen Anfang letzten Jahres. Der Gesamtwert wurde auf rund zweihunderttausend Euro geschätzt.

»Beweise für einen Raub gab es nicht. Man vermutete eher einen Fehler in der Dokumentation. Herr Pichler wurde nach diesem Vorfall als Geschäftsführer eingestellt, sein Vorgänger mit sofortiger Wirkung beurlaubt. Ernst Guchle arbeitete seinerzeit als Vertriebsleiter. Ich als Prokurist ohne Schlüsselgewalt. Die bekam ich erst mit der Umstrukturierung des Betriebs«, erklärte Bär.

»Guchle hatte also schon damals Zugang zur Tresoranlage?«

»Ja.«

»Trauen Sie ihm Veruntreuung zu?«

»Eigentlich is er scho e Lumpeseggl, aber so ebbes? Noi, i glaab ned.«

»Haben Sie Kenntnis von einem Aktenkoffer im Tresorraum?«

»Was es mit dem auf sich hat, wusste in jedem Fall der vorherige Geschäftsführer. Möglicherweise könnte auch Herr Guchle wissen, wem er gehört.«

»Und Günter Esser, wissen Sie etwas über ihn?«

»Er ist mir freundlich und hilfsbereit in Erinnerung.« Bär überlegte einen Moment. »Noi, er war immer recht.«

Gegen acht Uhr begannen in den Räumen der PESA die Befragungen. Welle gesellte sich zu den Computertechnikern.

»Die Kameraaufzeichnung für ein ebenfalls in der Robert-Bauer-Straße befindliches Werkstor wurde auch verfälscht, Zeiten gelöscht und Standbilder von leeren Gängen eingefügt«, erklärte der Techniker.

»Wie lang brauchts für so nen Schmuh?«

»Ein Profi kann das in weniger als einer halben Stunde erledigen. Noch schneller geht es, wenn die Festplatten einfach ausgetauscht würden. Wir prüfen das noch.«

Welle ließ sich in die Einfahrtshalle führen. Akribisch suchte er den Boden ab. Eine deutlich zu erkennende Reifenspur zog seine Aufmerksamkeit an.

Sein Hund schnüffelte unter einem Hochregal herum.

»Trollinger, was schnüffelschd do? Hasch ebbes gfunne?«, fragte er und ging auf die Knie.

Ziemlich hinten lag ein Lumpen.

Umständlich fischte er eine Tüte aus der Jackentasche, mittlerweile lag er bäuchlings auf dem kalten Betonboden.

»Dunnerwedder noch emol, so en Granadescheißdreck«, schimpfte er.

Der Lappen roch schwach nach Chloroform.

Polizeidirektion Pforzheim, eine Woche später.
»Ich habe die Karlsruher Kollegen, die sich mit Wirtschaftsdelikten beschäftigen, kontaktiert. Damals gab es keine Anzeige über das Verschwinden der Edelmetallbandrollen. Die Ermittlungen wurden firmenintern gesteuert. Bärs und Pichlers Viten sind einwandfrei. Ein wenig Kopfschmerzen bereitet mir Guchle. Er ist seit seiner Ausbildungszeit in diesem Betrieb, erhielt vor drei Monaten eine Abmahnung. Pichler erzählte von einem Fehlverhalten und der daraus resultierenden Stornierung eines Großauftrages. Die Wohnungs- und Hausdurchsuchungen der drei blieben erfolglos. Allerdings gibt es in Guchles villenähnlichem Anwesen vergoldete Wasserhähne, in der Garage steht ein fast unbezahlbarer Oldtimer. Schulden hat er laut Bankauskunft keine. Auch keine Auffälligkeiten im Kontoverlauf. Bei Esser gibt es nichts Besonderes. Junggeselle, keine Kinder. Lebte bescheiden. Alle aalglatt.«

»I häb grad a kräftigs Déjà-vu«, grübelte Welle laut. »Ein weißes Schiff schipperte nach China und hatte womöglich tonnenweise Pforzheimer Gold und Silber geladen ...«

Kuhlmann grinste breit: »Schön ausgedrückt! Du meinst den *Anaconda*-Fall. Vielleicht gibt es eine Verbindung. Ich prüfe das einmal.«

Drei Wochen später.

»Do kenntscht grad gladd der Wänd hoch grabble! Mir sin raus!«, schimpfte Kuhlmann. »Die Staatsanwaltschaft für Wirtschaftsstraftaten hat die Ermittlung aufgenommen. Wachmann Esser wurde zunächst mit dem Chloroformlappen außer Gefecht gesetzt. Später kam er wohl zu sich und muss den Tätern in die Quere gekommen sein. Ob er ihnen im Vorfeld geöffnet hat oder nicht, bleibt unklar. Die Projektile in seinem Körper stammen aus zwei unterschiedlichen Waffen. Eines ist identisch mit dem Projektil, das Wert aus dem Hirn des Täters fischte. Denkbar, dass ein weiterer Täter einen Schuss auf Esser und seinen Komplizen abgegeben hatte. Die Identität des getöteten Einbrechers konnte nicht festgestellt werden. Und die scheiß Reifenspuren in der Halle bringen uns auch kein Stück weiter. Die Sicherheitstüren wurden, wie schon vermutet, mit Ersatz-Codekarten und Ersatz-Pins geöffnet. Aber wie sie den Scanner überlistet haben, wissen wir immer noch nicht. Welcher GranadeSäggl steckt da bloß dahinner? Ich tippe auf Guchle, was denkst du?«

»Ja, scho, i a. Eine Verbindung zwischen Guchle und dem *Anaconda*-Fall scheints ned zu gäbe. Selbst wenn die Oglegeheit no so stinkt, mir hen zu wenig für ne Oklag. Vielleicht gelingt es der Staatsanwaltschaft«, sagte Welle.

Angesäuert schlug er die Akte zu.

»Sach e mal, was ist eigentlich aus de annere Schereschleifa im Fall *Anaconda* geworden?«, fragte Kuhlmann.

Welle lachte gerade heraus.

»Wahrscheinlich schlürfe die grad Hühner-supp in Hongkongs Rotlichtviertel.«

JUWELENBLUT

Seit sie wusste, wie Jan Ortez seinen Lebensunterhalt bestritt, setzte sie ihn massiv unter Druck.

»Du musst es mir besorgen«, bedrängte ihn die junge Juwelierswitwe täglich. Dabei meinte sie keineswegs verlockende Körperübungen auf ihrem Luxuswasserbett.

Nachdem sich ihr Ehegatte wegen unlauteren Diamanthandels in eine Sackgasse manövriert und aus dem Leben verabschiedet hatte, war Doretta vor einem Jahr in den leerstehenden elterlichen Bungalow im Pforzheimer Rodgebiet eingezogen. Als diplomierte Schmuckdesignerin wollte sie mit eigenen Kreationen Fuß fassen. Und Jan hätte durchaus gerne noch länger ihre reizende Gastlichkeit genossen, wenn sie ihn nicht ständig mit ihrer Forderung belästigen würde.

»Hol mir das komplette Sortiment. Die Steine gehören mir«, schnitt sie das leidige Thema in der Silvesternacht aufs Neue an, während er durchs Panoramafenster das funkelnde Farbspektakel über der Goldstadt bewunderte.

Das Problem bestand einzig in der Tatsache, er brach üblicherweise nicht in hochgesicherte

Gebäude ein, um Safes zu plündern oder die Eigner um ihre Wertsachen zu prellen. Seine Zielobjekte waren die Eigner höchstpersönlich. Und diese in ihren privaten Domizilen aufzusuchen, war stets die letzte Alternative, die er sich offenhielt.

Leider hatte er bei seiner Entscheidung, mit Doretta van Dahlen anzubändeln, nicht bedacht, dass die Lady ziemlich klug war und ihn bald als das erkannte, was er war.

Zugegeben, er hatte das Leben ihres Mannes verkürzt. Berufsbedingt. Aber damit hatte er Doretta nicht schockieren können, eher befreien. Und dadurch hatte er sich ihr ausgeliefert.

Die Brillanten, Saphire, Smaragde und Rubine, die sie für sich beanspruchte, gehörten einst ihrem Vater. Der wiederum hatte die Kostbarkeiten mithilfe des damaligen Geschäftsführers einer Scheideanstalt vor dem Zugriff der Gerichtsvollzieher gerettet. Ein gelungener Versicherungsbetrug, der ihm ermöglicht hatte, seinen Betrieb aus der Misere zu ziehen. Der Sprung von Glas- zu Edelsteinen hätte ihm, im Gegensatz zu anderen steinhandelnden Firmen, beinah das Genick gebrochen. Bedauerlicherweise verstarb er allzu früh, Dorettas Mutter setzte sich ab, und sie selbst fand einen lukrativen Job in Heidelberg. Seither lagerte das umfangreiche Edelsteinsortiment gesichert in der Pforzheimer

Edelmetall-Scheideanstalt PESA, der korrupte Geschäftsführer war wegen Betrügereien geschasst worden, und keiner kam mehr an die Juwelen heran. Doretta schon gar nicht. Was sie nicht zur Ruhe kommen ließ.

»Ich kenne dort einen Wachmann«, erklärte sie und trank ihr Glas in einem Zug leer.

Draußen erloschen die letzten Leuchtraketen. Jan trug schweigend die Champagnergläser in die Küche, Doretta folgte ihm. Er spürte ihren warmen Körper im Rücken.

»Günter Esser frisst mir aus der Hand«, bekräftigte sie.

Jan drehte sich um. Atmete ihr betörendes Parfüm ein.

Sie zog ihr T-Shirt aus, schüttelte ihre goldene Haarpracht in Form. Redete unbeirrt weiter.

»Er misstraut dem neuen stellvertretenden Geschäftsführer. Guchle heißt der, aber an den komm ich nicht ran. Der tut so, als würde er mich nicht mehr kennen, obwohl er mit meinen Eltern befreundet war und ihnen die Deponierung vermittelt hatte.« Sie streckte Jan ihren Rücken zu, damit er den BH öffnete.

»Aber Esser kriegen wir auf unsere Seite. Er steht mit Guchle auf Kriegsfuß, seit der in die Führungsriege aufgestiegen ist«, ließ sie nicht locker und drückte sich textilbefreit an ihn.

»Ich habe eine Idee, Darling«, hauchte sie ihm

ins Ohr und streichelte seine Brust, seinen Bauch, ihre Hand wanderte tiefer. »Und du bist perfekt dafür geeignet.«

Jan blickte ihr in die erwartungsfrohen Augen. Ein schimmerndes Grün mit Weichmachergarantie. Dummerweise hatte sie recht, er lag ohnehin schon zu lang auf der faulen Haut, seine Nerven gierten nach frischen Adrenalinschüben. Und dazu zählten keine Betteskapaden. Nein, er brauchte weitaus Anspruchsvolleres, Lukrativeres.

Kurzerhand legte er seine Bedenken ad acta und gab ihr nach.

Den Range Rover parkte Jan gegen Mitternacht in der Nähe des HELIOS Klinikums. Nasskalter Januarnebel hüllte ihn beim Aussteigen ein. Fröstelnd lief er die Straße entlang, bog in das Nebensträßchen ab.

Kurz vorm Pförtnerbüro stülpte er sich die Sturmhaube über. Seine Hände glitten prüfend über die schwarze Outdoorjacke. Er hatte alles, was er benötigte, bei sich. Das Notebook steckte in der Umhängetasche.

Er klopfte zweimal kurz an die Scheibe, machte eine Pause, dann dreimal. Wartete geduldig, bis er das leise Surren am stählernen Tor hörte und es sich aufschob. Er ging hinein, das Tor schloss sich, und er durchquerte den Innenhof.

Seine Augen suchten den Mann, den er hier treffen sollte. Günter Esser, den Wachmann.

»Hierher«, flüsterte dieser auch schon.

Jan folgte Esser ins Gebäude. Die schicke Eleganz des Interieurs beeindruckte ihn.

»Sie ruinieren sich Ihre Zukunft, das ist Ihnen doch klar?«, stellte er fest.

Esser bedachte ihn mit einem unsicheren Blick.

»Dank Doretta hab ich meinen Anteil in Sicherheit. Ich hau nach Südamerika ab, bevor die mir einen Arschtritt geben. Sie wollen mich durch einen externen Dienstleister ersetzen. Zwei Jahre hätte ich noch. Nur zwei Jahre.«

»Das ist in der Tat nicht sehr nett«, pflichtete Jan bei und folgte dem gebeugten Wachmann durch mehrere Flure, dann eine Etage tiefer. Bis sie in den Tresorbereich kamen und vor der gläsernen Sicherheitstür standen. Der Stahlrahmen wirkte äußerst stabil.

»Kugelsicheres Glas«, mutmaßte Jan. »Sie haben eine Codekarte samt PIN, nehme ich an?«

»Ja, aber nur für die vordere Tür«, bestätigte Esser. »Die andere – die müssen Sie aufkriegen.« Er schaute Jan skeptisch an. »Haben Sie kein Schweißgerät oder so etwas in der Art?«

Jan beäugte schmunzelnd die Glastür. Betrachtete den Bereich bis zur stählernen Wertraumtür, ein einzelner Schreibtisch stand herum.

Er entdeckte das elektronische Tastenkombinationsschloss mit Fingerabdruck-Scanner.

»Das Wunder der digitalen Technik«, triumphierte er. »Dafür brauche ich kein schweres Gerät.«

»Aber wie machen Sie das mit den Fingerabdrücken?«

Jan lächelte den Alten an.

»Na, Sie hatten uns doch ein Trinkglas von Ihrem Ernst Guchle zukommen lassen. Und dazu ein Metallplättchen, das Ihr Prokurist Bär berührt hatte. Die Prints sind als Datei gespeichert – der Rest ist Berufsgeheimnis.«

»Guchle ist der tonführende Hetzer, der will mich loswerden«, schnaubte Esser, als müsse er sich verteidigen. »Aber dem Schweinehund zahl ich es heim. Ich weiß einiges. Der braucht nicht glauben, dass er mit seinen schmierigen Geschäften davonkommt.«

Jan interessierten firmeninterne Machenschaften nicht, aber er empfand Mitleid mit dem hart schnaufenden Mann. »Gut aufpassen, damit Sie keinem in die Quere kommen.«

Esser schüttelte den Kopf. »Mir passiert schon nichts. Aber Herr Bär darf durch unsere heutige Aktion keine Schwierigkeiten bekommen.«

»Da machen Sie sich mal keine Gedanken.« Jan sah sich um. »Und sonst ist keiner da?«

Er mochte nicht glauben, dass die Sicherheit

einer solchen Firma in den Händen eines kleinen Wachmanns lag. Womöglich hatten die Pläne Guchles doch ihre Berechtigung.

»Grippewelle!«, sagte Esser knapp. »Aber meist sind wir zu zweit.« Er setzte ein Grinsen nach.

»Prima Timing!«, lobte Jan. »Und die Kameras?«

»Ich dachte, das machen Sie. Manipulieren kann ich die Dinger nicht.«

Jan nickte. »Klar. Dafür bin ich ja da.«

Esser führte ihn in die Sicherheitszentrale hinauf und schlurfte weiter. Musste seine Runde machen.

Jan verschaffte sich einen Überblick, sichtete jeden einzelnen Bildschirm. Er packte sein Notebook aus, schloss es mit einem Netzwerkkabel an und hackte sich ins Gebäudesystem. Er deaktivierte den Aufnahmemodus der Kameras innerhalb seines vorgesehenen Wirkungsbereichs, ließ sie aber weiterhin aktuelle Bilder übertragen.

Alles ruhig, alles leer.

Diese Bilder speicherte er ab. Dann suchte er die dazugehörigen Festplatten, tauschte diejenigen der Tresorkameras gegen leere aus und speiste die Standby-Bilder ein.

Er war mit dem Löschen und Bearbeiten der Kameradaten nahezu fertig, als er drei dunkle Gestalten in der Einfahrtshalle entdeckte. Sah, wie Esser in ihre Nähe kam, gleich darauf zusammenschrak und zu flüchten versuchte. Zwei Männer überwältigten ihn, er sackte zu Boden. Der dritte drückte ihm einen Lappen ins Gesicht.

»Shit!«, fluchte Jan. »Was läuft denn da ab?«

Rasch beendete er die Datenmanipulationen, tauschte die Festplatte mit den Aufnahmen aus der Halle gegen eine gelöschte aus, programmierte sämtliche betroffenen Kameras, sodass sie erst gegen Morgen wieder mit dem Speichern der Aufnahmen starteten.

Dann steckte er Notebook und Kabel samt den verräterischen Festplatten in die Tasche. Holte seine Glock 17 aus dem Holster, verborgen unter der Jacke. Schraubte den Schalldämpfer auf. Seine Augen fest auf die Bildschirme gerichtet.

Vorerst würde er sich im Hintergrund halten, die Lage sondieren und abwarten, was die Typen vorhatten.

Bald war ihm klar, dass sie Chipkarten, Passwörter und genaueste Pläne besitzen mussten, denn sie drangen mühelos bis in den Tresorbereich vor.

Der dritte Mann trug im Gegensatz zu den anderen keine Sportschuhe, eher elegante Slipper, und außerdem Latexhandschuhe. Er war in der Lage, mit zwei Zugangskarten samt Codes die vordere Schutztür zu öffnen. Den Scanner an der hinteren Tresorraumtür überlistete er durch ein jeweiliges Antippen mit dem linken und dem rechten Zeigefinger. Was Wirkung zeigte, weil das Gerät offensichtlich weder Temperatur noch Puls maß. Präpariert hatte die Handschuhe zweifellos ein Experte. Das bewies einmal wieder, eine Kette war nur so stark wie ihr schwächstes Glied.

Jan fühlte Freude aufkommen. Nach dieser Vorarbeit brauchte er sich nicht mehr allzu sehr anstrengen. Und für den Alten war es auch von Vorteil, dass sie ihn ausgeschaltet hatten.

Er verließ den Überwachungsraum, schlich ins Untergeschoss, sah niemanden.

»Ich kümmere mich um die Kameras«, hörte er plötzlich eine Stimme und konnte sich gerade noch rechtzeitig im Dunkelbereich eines Nebenganges verbergen. Der Lackschuhträger mit den Latexhandschuhen spurtete zielstrebig vorbei. Er musste sich hier gut auskennen.

Jan rührte sich nicht, atmete flach, vermied jegliches Geräusch. Zuckte kaum merklich zusammen, als es von der Überwachungszentrale her brüllte:

»Was – was soll das? Wer war hier drin?«

Jegliche Vorsicht ignorierend, kam der vornehm Beschuhte herabgehetzt.

»Wer hat die Kameras abgestellt?«

Er war garantiert der Initiator des Trios.

Die zwei Schwarzvermummten liefen ihm

entgegen, hoben die Schultern. Einer schüttelte den Kopf.

»Wir müssen abbrechen«, beschloss der Boss.

»No, no!«, wurde er vom anderen Handlanger zurechtgewiesen. Der zog auch sogleich seine Waffe und fuchtelte herum.

»Na gut«, gab sich der Boss einsichtig. »Vielleicht war's der Wachmann. Machen wir weiter. Aber achtgeben.«

Jan ließ sie arbeiten. Er wollte ja bloß den weinroten Aktenkoffer mit den Juwelen. Mit dem schwer transportablen Rest konnte er ohnehin nichts anfangen.

Nachdem die Männer mehrere Behältnisse hinausgeschleppt hatten, hörte er den Anführer befehlen: »Fertig. Abmarsch!«

Die beiden Helfer reagierten aufgeregt, vielleicht waren sie anderer Meinung.

Es folgte ein Schuss. Nicht mal schallgedämpft. Ganz schön nachlässig.

Rasch ging Jan durch die erste Sicherheitstür, die die Ganoven mit einer quergelegten Kiste blockiert hatten, verbarg sich hinter dem verwaisten Schreibtisch, der seitlich stand.

Lauerte. Mit der Glock im Anschlag.

Hörte Schritte.

Einer der Gauner kam zurück, schimpfte vor sich hin. Vermutlich, weil die zweite Tür verschlossen war.

Jan rang sich Ruhe ab, bis der Anführer auftauchte und die Haupttresortür erneut öffnete. Alarm und Sicherheitsmechanismus waren wohl abgestellt, denn normalerweise musste immer eine der Türen geschlossen sein, bevor die zweite zu öffnen war.

Er machte sich keine weiteren Gedanken, ließ die Männer auch diese Tür blockieren und einen weiteren Behälter hinausschleppen. Kaum waren sie verschwunden, huschte er in den Tresorraum. Entdeckte im Nu den weinroten Koffer im beschriebenen Regal, ergriff ihn und wandte sich um. Sah einen der Diebe über die Kiste steigen, die die Glastür am Schließen hinderte.

Jan duckte sich. Ließ ihn herankommen.

Schnellte auf, schoss ihm in die Stirn. Der Kerl fiel um wie ein abgesägter Baum.

Jan sprang hin, schob ihm die Ski-Maske hoch und erkannte einen Asiaten. Einen Reim konnte er sich nicht darauf machen.

Schon hörte er die zwei anderen. Sie näherten sich, stritten. Gierige Dummköpfe. Hatten sicher schon etliche Goldbarren in ihre Hände gebracht. Schnell stellte er sich hinter die halbgeschlossene Tresortür.

Die Männer tauchten auf, erblickten den toten Kumpel.

»Zum Teufel!«, zischte der Boss. »Irgendjemand ist im Gebäude. Nichts wie raus!«

Sie machten kehrt und rannten, als wäre eine Meute Hunde hinter ihnen her.

»Wird auch Zeit«, knurrte Jan.

Er verharrte ein paar Minuten. Lauschte.

Keine Schritte, kein Alarm. Totenstille.

Dann stieß er den blockierenden Kasten in den Tresorraum, wich zurück, und die schwere Stahltür schob sich zu. Die andere Kiste ließ er stehen und eilte in Richtung Ausgang.

Ein röchelndes Stöhnen bremste ihn aus. Er schaute suchend umher, entdeckte im Schein der Notbeleuchtung den Wachmann zusammenge- krümmt auf dem Boden liegen. Blut floss aus dessen Brust, die Lache darunter verriet den na- henden Exitus.

Mit dem Fuß drehte Jan ihn behutsam in Bauchlage. Schüttelte den Kopf.

»Tut mir leid, Alter. Doch nix mit Südamerika.«

Er schoss ihm ins Genick. Beendete die Qual.

Dann machte er sich aus dem Staub.

Richtig aus dem Staub.

Doretta bekam ihn jedenfalls nicht mehr zu Gesicht. Ein zielgerichteter Schuss von hinten und die anschließende Vernichtung sämtlicher DNS-Spuren im Bungalow mittels Feuersbrunst beendeten sein Gastspiel in der Goldstadt. Scha- de um die galante Witwe, aber seine Zukunft würde sie nicht mehr gefährden.

Vier Wochen später hatte er es sich in seiner kanadischen Bergvilla gemütlich gemacht. Mit weiter Sicht auf den malerischen Middle Waterton Lake.

Er überprüfte die gestohlene Festplatte, auf der die Geschehnisse in der Einfahrtshalle gespeichert waren. Der Lackschuhmann war deutlich zu erkennen, ehe er sich die Ski-Maske anzog und dem Wachmann ein Tuch vor die Nase presste.

Jan konnte ihn einwandfrei identifizieren, nachdem er via Internet diverse Polizei- und Presseberichte über den Edelmetallraub angeschaut hatte. Hierbei waren auch die geschäftsleitenden Herren interviewt worden.

Jan Ortez beschloss, für ausgleichende Gerechtigkeit zu sorgen, und bereitete das Beweisstück auf die Reise an die Pforzheimer Kriminalpolizei vor.

Mit Genuss fügte er folgende Worte bei:

Aus dem Jenseits kommt die Platte
mit der fiesen Guchle-Ratte.
Jetzt kennt ihr den Hergang besser,
diesen Gruß schickt Günter Esser.

WER'S GSCHRIEBE HAT

DIE AUTORINNEN UND AUTOREN

CARMILLA DEWINTER, Jahrgang 1981, im Hauptberuf Apothekerin, schreibt Fantasy und hat eine Schwäche für Figuren, die zur queeren Buchstabensuppe gehören. Dies stellt sie regelmäßig mit Kurzgeschichten in diversen Anthologien unter Beweis. Beim *dead soft verlag* ist im Bereich Gay Fantasy u. a. »Albenbrut« erhältlich. Wer noch nicht genug von Dschinnen wie Murdjana At-Taliqa hat, kann in »Jinntöchter. K_ein orientalisches Märchen« ihre entfernten Verwandten treffen. Der Roman ist im März 2018 bei der *Edition Roter Drache* erschienen. Außerdem von ihr zu finden sind gedruckte Meinungen und Essays zur bereits erwähnten Buchstabensuppe sowie jede Menge Blogposts über die Vereinbarkeit von Fantasy und Feminismus.
Die Autorin ist seit 2018 Vorstandsmitglied des Goldstadt-Autoren e. V.
Kontakt: carmilladewinter@yahoo.com
Weitere Infos: www.carmilladewinter.com
Ihre Geschichte: »Alle Wege führen zum Teich«

ALEXANDRA DIETZ wurde 1977 in Pforzheim geboren, wo sie auch lebt. Nach· der Schule besuchte sie ein Internat und absolvierte dort ihre Ausbildung in Hauswirtschaft. In dieser Zeit entdeckte sie ihren Hang zum Schreiben. Sie begann mit Tierfabeln und Kindergeschichten, was sie zunächst nur für sich tat. Seit 2013 erfolgten mehrere Veröffentlichungen in Anthologien. 2018 erschien »Kleine Schelme«, ihr erstes Buch.
Die Autorin ist Gründungsmitglied des Goldstadt-Autoren e. V.
Kontakt: al_dietz@arcor.de
Weitere Infos: www.goldstadt-autoren.de
Ihre Geschichte: »Die Reise einer Taschenuhr«

PROF. ERICH H. FRANKE, geboren 1954 in Mannheim, studierte Nachrichtentechnik an der Universität Karlsruhe und leitete in europäischen Unternehmen die Entwicklung militärischer Kommunikations- und Flugnavigationssysteme. Heute arbeitet Prof. Franke als geschäftsführender Gesellschafter eines Systemhauses und nimmt eine Lehrtätigkeit an der Hochschule Darmstadt im Bereich Elektro- und Informationstechnik wahr. Er lebt an den Pforten des Schwarzwaldes und beschäftigt sich in seiner Freizeit mit Amateurfunk, Dressurreiten sowie dem Schreiben von Spionage-Thrillern und Science-Fiction-Kurzgeschichten.

Kontakt: verlag@afusoft.de

Weitere Infos: www.verlag-afusoft.de

Seine Geschichte: »Ein großer Garten«

USCHI GASSLER, 1957 in Kronach/Oberfranken geboren, lebt mit ihrer Familie im badischen Königsbach. Seit frühester Jugend dem Geschichtenerfinden verfallen, begann sie 2002 mit der Niederschrift erster Geschichten. Es folgten ein Fernkurs der Weltbild-Autorenschule, Augsburg, und ein Belletristik-Fernstudium der »Schule des Schreibens«, Hamburg. 2009 nahm sie erfolgreich an einem Kurzkrimi-Schreibwettbewerb teil. Seither wurden mehrere Kurzkrimis und Geschichten von ihr veröffentlicht. 2015 erschien ihr Debütkriminalroman »Gier ist dicker als Blut« beim *Lauinger Verlag* (ehem. Der Kleine Buch Verlag), Karlsruhe. Sie selbst veröffentlichte drei Sammelbände mit Kurzgeschichten und Kurzkrimis.

Die Autorin ist Gründungsinitiatorin des Goldstadt-Autoren e. V. und Vorstandsmitglied. Sie ist auch Mitglied im Pforzheimer Kulturrat e. V./Sektion Literatur.

Kontakt: u.gassler@textrein.de

Weitere Infos: www.uschi-gassler.de I www.textrein.de

Ihre Geschichte: »Juwelenblut«

Ihr Beitrag: Nachwort

CHRISTINE GEIGER, Jahrgang 1966, ist gebürtige Pforzheimerin und Mutter von sechs erwachsenen Kindern. Sie schreibt leidenschaftlich gerne Gedichte mit Wortspielereien sowie Reimgeschichten und sonderbare Briefe. 2016 wurde ein langgehegter Traum wahr, ihr erster Lyrikband erschien beim *Elvea Verlag*. Im April 2017 folgte ihr zweiter Lyrikband.
Kontakt: christine19031966@gmail.com
Weitere Infos: www.goldstadt-autoren.de
Ihr Gedicht: »Liebesgedicht an eine Stadt«
Ihre Geschichte: »Was stellt er vor?«

TOBIAS HARTMANN, geboren 1985 in Pforzheim, erlangte sein Abitur am örtlichen Theodor-Heuss-Gymnasium. Ein Impulsvortrag der Bundesagentur für Arbeit veranlasste ihn daraufhin zu einer Ausbildung bei der Sparkasse Pforzheim Calw, wo er noch heute hauptberuflich als Bankbetriebswirt angestellt ist. Die große fantastische Welt der Bücher faszinierte den in Keltern lebenden Autor schon in Kindestagen. Wenn auch alles mit Kriminalromanen und Detektivgeschichten seinen Anfang nahm, wurde gleichzeitig ein stetig wachsendes Interesse für das Fantasy-Genre geweckt. Die damit einhergehenden kreativen Freiheiten reizten ihn so sehr, dass er sich im Jahr 2010 das Ziel setzte, selbst einen Fantasy-Roman zu schreiben. Heraus kam das Erstlingswerk »Die Maskerade der Schlange«, der Einstieg in die »Tyrannei der Teufel«-Reihe, in der die Geschichte des Drachenjägers Richard erzählt wird.
Kontakt: t-d-h@gmx.de
Weitere Infos: www.thetobiashartmannwritingblog.com
Seine Geschichte: »Die Tote in der Enz«

FRED KELLER wurde 1971 in Pforzheim geboren. Als gieriger Leser verschlang er Altes, Neues, Krimis, Biografien und Sachbücher. Schon immer sagte er: »Irgendwann schreibe ich selbst.« Mit vierzig fing er damit an. Seither sind Fabeln, Kinder- und Fantasy-Kurzgeschichten entstanden, aber

auch solche aus dem ganz »normalen« Leben. Er liebt schwarzen Humor, der oft auch in seine Storys mit einfließt. 2016 erschien seine Kurzgeschichtensammlung »Wenn die Sonne bläst«, 2017 folgten die Hexengeschichten von »Cynthia Silbersporn« und der Text-Mix »Die Ersatz-Muse«. Ein Kinderbuch mit dem Bären Bubu ist in Arbeit. Außerdem sind mehrere Geschichten in Anthologien erschienen.
Kontakt: freddykeller178@gmail.com
Weitere Infos: www.goldstadt-autoren.de
Seine Geschichte: »Tod durch Schokolade«

CLAUDIA KONRAD, 1965 in Göttingen als mehrfache Ur-Enkelin des Freiherrn Johann Benjamin Konrad von Budzinski geboren, im Frankenland aufgewachsen, lebt heute im Nordschwarzwald. Über das Schreiben von Motorradreisebüchern und humorvollen Kurzgeschichten kam sie 2009 auf die Figur des pensionierten Hauptkommissars Wellendorf-Renz, der in Pforzheim, im Schwarzwald, aber auch im wohlverdienten Urlaub Fälle lösen muss. 2017 erschien ihr Debütkriminalroman »Tod in Alepochori« beim *pinguletta Verlag,* Keltern.
Die Autorin ist Gründungs- und Vorstandsmitglied des Goldstadt-Autoren e. V., Mitglied im Pforzheimer Kulturrat e. V./Sektion Literatur sowie Mitglied der VG-Wort.
Kontakt: claudia.konrad@written-by-claudia.de
Weitere Infos: www.written-by-claudia.de
Ihre Geschichte: »Fette Beute«

ANNA-LENA LUCKE wurde 1996 in Pforzheim geboren. Heute noch lebt sie mit ihrer Familie im Enzkreis. Ihre Liebe zu Büchern und besonders zum Schreiben entdeckte sie schon früh. Bereits mit sechs dachte sie sich eigene Geschichten aus, und mit dreizehn begann sie, ihr erstes Buchmanuskript zu schreiben. Welches nach viel Schweiß und Verzweiflung letztes Jahr fertig wurde und im Fantasy-Genre angesiedelt ist. Ihr momentanes Ziel ist die Veröffent-

lichung ihres ersten Buches, woran sie fleißig arbeitet. Außerdem hat sie begonnen, an einem neuen Buchmanuskript zu schreiben.
Kontakt: c/o post@goldstadt-autoren.de
Weitere Infos: www.goldstadt-autoren.de
Ihre Geschichte: »Zeitsprung«

ANDREA LUTZ, geboren 1952 in Wiesbaden, war schon als Kind extrem mitteilungsbedürftig. Nach dem Schuleintritt in Pforzheim wurden daraus Lese- und Fabuliersucht – zum Glück hat sie diese angenehmen Süchte beibehalten. Sie begann, Gedichte und Kurzprosa zu schreiben. Nach und nach kamen Kurzgeschichten, vor allem für Kinder, dazu. Sie nahm erfolgreich an Lyrik- und Prosaausschreibungen teil. Mittlerweile können ihre Texte in über einhundert Anthologien und in ihren eigenen Büchern gelesen werden.
Kontakt: autorinalutz@gmail.com
Weitere Infos: www.andrea-lutz.de
Ihre Geschichte: »Stoizwergle«

ERNST MERZ, Jahrgang 1945, lebt in Pforzheim. Von 1960 bis 1962 war der Lyriker als Volkskorrespondent für die Lausitzer Rundschau tätig. Seit Eintritt in den Ruhestand widmet er sich dem Schreiben von »Gedichten in Reimen«, tiefgründig, aber auch oftmals mit Humor angereichert. Seine Themen rollen nicht nur gesellschaftliche oder gesellschaftspolitische Probleme auf, sie beschreiben auch gerne die Natur und die Liebe. Im Jahr 2017 kam ein neuer Gedichtstil hinzu.
Er ist Gründungsmitglied des Goldstadt-Autoren e. V. und war bis 2018 als 2. Vorstand aktiv.
Kontakt: ernst.merz@e-mail.de
Weitere Infos: www.written-by-claudia.de
Seine Gedichte: »Ode an die Goldstadt«, »Facettenreich«, »Schwarzes Gold«

HELGA PENDELIN, geboren 1957 in Mecklenburg-Vor-
pommern, erlernte einen handwerklichen Beruf und schloss
ein Fachschulstudium für angewandte Kunst ab. Heute lebt
sie in Pforzheim und arbeitet im sozialen Bereich. Dieser
Beruf hat sie zum Schreiben motiviert. Vorwiegend sind es
Kurzgeschichten aus dem alltäglichen Leben.
Kontakt: c/o post@goldstadt-autoren.de
Weitere Infos: www.goldstadt-autoren.de
Ihre Geschichte: »Die Kronen der Macht«

A. S. SCHMIDT, Jahrgang 1966, wuchs in Deutschland,
Mexiko und Brasilien auf und lebt heute in Süddeutschland.
Sie arbeitet für verschiedene Unternehmen im In- und Aus-
land als Fremdsprachenkorrespondentin und Übersetzerin.
Seit einigen Jahren widmet sie sich dem Schreiben von Ro-
manen, in denen sie ihre Auslandserfahrungen verarbeitet.
2017 erschien ihr erster Roman »Codex Villalobos«.
Kontakt: aschmidtx66@gmail.com
Weitere Infos: www.goldstadt-autoren.de
Ihre Geschichte: »La Dorada«

ELFRIEDE WEBER wurde in Albstadt geboren. Die Autorin
und Malerin lebt heute in Straubenhardt. Sie schreibt Kurzgeschichten und Gedichte, von denen einige bereits in der
Tübinger Zeitung und in der *Pforzheimer Zeitung* veröffentlicht wurden. Sie erhielt einen Buchpreis des SWR. Auch
wurden Kurzgeschichten und Gedichte von ihr in zahlreichen Anthologien publiziert. Den 1. Preis erhielt sie 2016 mit
ihrem Gedicht »Summertime« beim Euregionalen Foto,
Mal- und Schreibwettbewerb in Eupen/Belgien. 2012 veröffentlichte sie ihren Roman »Er und kein Anderer« sowie
2016 ihr Lyrik- und Prosa-Buch »Ab und zu ein Elefant«.
Kontakt: info@efiweber.de
Weitere Infos: www.efiweber.de
Ihre Geschichte: »Tagtraum«,
Ihr Gedicht: »Das Ittersbacher Bähnle«

DR. PHIL. WOLFGANG WEIMER wurde am 03.03.1949 in Düsseldorf geboren; Studium der Philosophie und Geschichte an der Universität zu Köln; Gymnasial- und Hochschullehrer in Duisburg, Düsseldorf, Wuppertal und Köln; pensioniert seit 2014; seitdem wohnhaft zunächst in Pforzheim, nunmehr uffm Dobel.
Seit 2018 ist er **2. Vorstand** des Goldstadt-Autoren e. V.
Kontakt als Autor: wolfgangweimer@t-online.de
Kontakt als Vorstand: vorstand2@goldstadt-autoren.de
Weitere Infos: www.goldstadt-autoren.de
Seine Geschichte: »Da ist was los in Dobel«

INA ZANTOW wurde 1961 in Eberswalde geboren und lebt in Pforzheim. Als freie Journalistin schreibt sie Artikel für Tageszeitungen und Journale. Daneben verfasst sie Kurzgeschichten. Hauptberuflich ist sie bei einem Bildungsträger tätig.
Kontakt: i.zantow@web.de
Weitere Infos: www.goldstadt-autoren.de
Ihr Beitrag: Einleitung

ROLF ZEFFERER wurde 1953 in der Goldstadt geboren. Er arbeitete viele Jahre als Ingenieur in Bretten. Zusammen mit seiner Frau lebt er heute noch in Pforzheim. In der Verarbeitung seiner chronischen Krankheit fand er die Motivation zum Schreiben. Er nahm an mehreren Schreibwerkstätten teil. Sein Bestreben ist es, ein autobiographisches Buch zu veröffentlichen.
Kontakt: grzeff@t-online.de
Weitere Infos: www.goldstadt-autoren.de
Seine Geschichte: »Hundert Ébauches«

DER 1. VORSTAND

PAUL GASSLER, geboren 1954, ist gelernter Juwelengold-schmied. Die Idee, einen Autorenverein mitzugründen, hat ihn vom ersten Augenblick an begeistert. Seine langjährigen Vereinserfahrungen, seine Organisationsbereitschaft sowie seine Neutralität als Nichtautor gegenüber der schreibenden Zunft innerhalb des Vereins qualifizierten ihn zum Vorsitzenden der Vorstandschaft, dessen Funktion er bis heute innehat.

Kontakt: vorstand1@goldstadt-autoren.de
Weitere Infos: www.goldstadt-autoren.de
Sein Beitrag: Vorwort

JETZT ISCHES GSCHAFFT!

Nachwort

Eine Vereinsanthologie zum Vereinsjubiläum herauszubringen – diesen Gedanken hegte ich, seit mir bewusst geworden ist, welch großartige Autorinnen und Autoren wir für unseren Verein mittlerweile gewonnen haben. Sie decken ein breites Genrespektrum ab, von Krimi, Thriller über Phantastik bis hin zur Gegenwarts-, Kinder- und Sachliteratur. Ferner sind unter ihnen vorzügliche Dichter und Dichterinnen, die Lyrik in all ihren Facetten darbieten.

Ein herzliches Dankeschön gilt deshalb den an der Anthologie mitwirkenden Autorinnen und Autoren für die Überlassung ihrer Texte und die reibungslose Zusammenarbeit. Manche kommen hierdurch zur erstmaligen Veröffentlichung, andere haben ihre Texte bereits publiziert und die Genehmigung zur erneuten Veröffentlichung erteilt.

Im Namen der Vorstandschaft danke ich besonders Herrn Ewald Freiburger. Er hat uns für das Cover seine hervorragenden Fotos zur Verfügung gestellt und sogar die Erlaubnis zur Farbverfälschung erteilt.

USCHI GASSLER
Gründungsinitiatorin, Vorstandsmitglied und Autorencoach

Achtzehn von dreißig Mitgliedern des Goldstadt-Autoren e. V.

Von links nach rechts:

Claudia Konrad, Paul Gassler, Helga Pendelin,
Fred Keller, Tobias Hartmann, Christine Geiger,
Uschi Gassler, Ernst Merz, Rolf Zefferer,
Elfriede Weber, Alexandra Dietz, Claudia Speer,
Heinz Dietz, Dr. Wolfgang Weimer, Andrea Lutz,
Carmilla DeWinter, Ina Zantow, Herta Hoffelner

Dezember 2018